KB210048

푸른 사다리

이옥수
장편소설

푸른 사다리

제2회
사계절문학상
대상 수상작

사□□계절

차례

일러두기

· 소설 속 대사에서는 입말을 사용하였기에 맞춤법에 맞지 않은 말이나 방언,
비속어가 포함되어 있습니다.

꽃마을

코끼리가 가장 무서워하는 것은 쥐 새끼라고 한다. 그놈들이 코끼리 등가죽을 뚫기 때문이라는데, 하긴 고 씨알 같은 눈알을 굴리며 등짝 위를 살살 물어뜯고 다닌다면 참 미치고 환장할 노릇일 게다. 코끼리 가죽도 뚫는다는 놈들이 왜 강남의 좋은 빌딩들은 다 놔두고 알음알음 이곳에 모여들어 밤만 되면 잠도 못 자게 달가닥거리는지 모르겠다.

오늘 밤에도 엄마가 부엌에서 한바탕 쥐잡기를 하고 들어왔다. 방이 후텁지근하다. 5월로 접어들면서 낮에는 햇발이 제법 따갑지만, 밤에는 바닥에서 찬기가 올라와 아직 연탄불을 끄지 못하고 있다.

"야, 야, 죽여 삐리게……."

아버지가 입맛을 쩝쩝 다시며 잠꼬대를 한다. 엄마가 얼른 손바닥으로 아버지 입을 막았다. 옆방에서 방귀 뀌는 소리까지 다 들리는데, 그냥 놔두면 내일 아침 지희 엄마가 또 구시렁거릴 게 뻔하다.

"지랄할 여편네, 절이 싫으면 중이 떠나야지. 이런 데 사는 주제에……."

엄마가 돌아누우며 중얼거린다. 창문 틈새로 별 하나가 보인다. 가물거리는 모양이 곧 떨어질 것처럼 위태롭다. 저렇게 넓은 하늘에서도 발붙이지 못하고 떨어진다면 하늘이나 땅이나 사는 게 고달프기는 마찬가지일지도 모른다.

비닐창으로 아침 햇살이 희뿌옇게 비쳤다.

"윤제야, 학교 가자."

"아유, 저 새끼 또 왔어!"

기철이가 윤제를 부르는 소리에 잠이 깬 혁제가 신경질을 부리며 소리를 질렀다.

"야, 오지 말랬는데 왜 또 왔어?"

혁제가 손에 잡히는 양말짝을 들어서 문 앞에 서 있는 기철이에게 던졌다.

"에이 형, 왜 그래."

윤제가 고개를 빼 들고 얼굴을 찌푸리자 혁제는 이 사이로 으윽 소리를 내며 이불을 뒤집어썼다. 윤제가 들어오라고 손짓하자 기철이는 금방 입이 헤벌어져서 윤제 옆에 앉았다.

윤제네가 이 동네로 이사를 온 지도 벌써 한 달이 지났다. 윤제네가 이사 와서 가장 신나는 사람은 기철이다. 사실 기철이는 생긴 모습부터가 아이들의 놀림감이 되기에 충분했다. 흔히들 눈이 작은 사람을 보고 단춧구멍이라고 하지만, 기철이 눈은 단춧구멍이 아니라 숫제 검은 색연필로 금을 찍그어 놓은 것처럼 겨우 구멍만 뚫려 있다. 그래서 뭘 보려면 턱을 쳐들고 이마에 잔뜩 주름을 잡아야 눈꺼풀이 벌어진다. 게다가 이마까지 툭 튀어나와 별명이 '메뚜기'인데, 좀 덜떨어지기까지 해서 아이들 심부름은 다 해 주고도 구박덩어리에 천덕꾸러기였다. 이렇게 늘 동네 아이들에게 쥐어박히고 얻어터지던 기철이에게 구세주처럼 나타난 게 윤제였다.

이사를 하고 난 다음 날, 윤제가 학교에서 돌아오다가 공터로 막 접어들었을 때였다. 아이들 여럿이 기철이를 가운데 세워 놓고 귀를 잡아당기고 발로 차며 장난질을 하고 있었다. 아이들은 낄낄거렸지만, 기철이는 아이들 틈을 빠져나오려고 손을 허둥대며 용을 썼다. 윤제는 기철이가 딱해 보였지만, 아직 아는 아이들도 없는데 선뜻 나서기가 서먹해서 그냥 못 본 척 지나쳤다.

그런데 몇 걸음 옮기지 않아서 악악거리며 울부짖는 소리가 들려왔다. 윤제는 그 자리에 멈춰 서서 뒤를 돌아보았다. 아이들이 기철이 바지를 벗기려 했고, 기철이는 엉덩이까지 삐뚜름하게 내려온 허리춤을 놓치지 않으려고 안간힘을 쓰고 있었다. 발갛게 일그러진 기철이의 얼굴을 본 순간 윤제는 자기도 모르게 소리쳤다.

"야, 하지 마!"

아이들은 느닷없이 나타난 훼방꾼을 경계의 눈초리로 쏘아보았다. 그때 아이들의 대장 격인 태욱이가 앞으로 나서며 물었다.

"뭐야?"

"지희네 옆집으로 이사 온 애야."

"육 학년이래."

아이들이 윤제에 대해 나름대로 알고 있는 사실들을 늘어놓았다. 기철이는 그새 벌써 자기가 당한 일을 잊었는지 고개를 비스듬히 꺾어 올리고 입을 헤벌린 채 윤제를 쳐다보고 있었다. 윤제는 자기 옆에 바짝 붙어 선 기철이 모습이 우스워 피식 웃었다.

"어쭈, 도전이다 이거지? 좋아."

윤제가 웃자 태욱이가 기분이 몹시 상한 얼굴로 노려보았다. 잠깐이었지만 윤제와 태욱이의 눈빛이 차갑게 부딪쳤다.

"야 전경우, 한번 붙어 봐."

태욱이가 아이들을 쓱 훑어보더니 말했다.

명령을 받은 경우가 주먹을 쥐고 앞으로 나섰다. 경우라는 아이는 얼굴이 까무잡잡하고 몸집이 홀쭉했다. 윤제도 이렇게 된 이상 피할 수는 없어서 가방을 땅바닥에 내려놓았다.

경우가 윤제 앞으로 다가오더니 먼저 주먹을 날렸다. 윤제가 경우의 주먹을 막으며 재빨리 턱을 갈겼다. 경우가 당황해서 뒷걸음질을 쳤다. 윤제는 멈추지 않고 앞으로 나가며 가슴을 갈겼다. 경우가 휘청거렸다.

"그만, 전경우 너 졌어."

주먹 두 방으로 끝내기는 아직 싱거운데 태욱이가 싸움을 중지시켰다. 윤제는 제멋대로인 태욱이가 시건방져 보여서 한 대 먹이고 싶었다.

"다음, 장호성!"

윤제가 태욱이를 노려보며 주먹을 날리려는 순간, 태욱이가 한 걸음 물러나며 재빨리 말했다. 그러자 호성이가 달려

나와 윤제를 막아섰다. 통통한 두 볼이 발갛게 달아오른 호성이는 두 주먹을 가슴께에 붙이고 게처럼 옆걸음질을 치며 눈을 껌뻑거렸다. 잔뜩 겁을 먹고 있는 게 분명했다. 뒤에서 아이들의 야유가 터져 나왔다. 윤제가 쏜살같이 달려가 호성이의 배를 걷어찼다. 호성이는 배를 감싸안고 그 자리에 주저앉아 고개를 땅바닥에 처박았다.

"그만, 인섭이!"

또다시 태욱이가 나지막하고 짧게 말했다. 윤제는 이렇게 상대가 바뀔 줄은 몰랐다. 이런 식으로 나간다면 조무래기를 빼고도 서너 명을 더 상대해야 한다. 물론 끝까지 싸운다 해도 이길 자신은 있지만 윤제의 관심은 태욱이에게 가 있었다.

"야, 니가 덤벼!"

윤제가 참지 못하고 태욱이에게 소리쳤다. 그러나 이미 인섭이의 주먹이 윤제의 머리통을 갈긴 뒤였다. 윤제 눈에서 불이 번쩍했다. 어떻게 막아 볼 사이도 없이 인섭이의 주먹이 연거푸 쏟아졌다.

"와, 조인섭 잘한다! 그래, 한 방 더!"

아이들이 소리치며 인섭이를 응원했다. 윤제는 뒤로 물러나 다시 중심을 잡고 인섭이를 노려보았다. 이제 제대로 된 상대를 만났다는 생각이 들었다. 인섭이는 아이들의 응원 소리에 기분이 좋은지 히죽이 웃으며 여유 있게 다가왔다. 그러나 이번에는 윤제의 주먹이 빨랐다. 가슴을 얻어맞은 인섭이가 얼굴을 찌푸리며 몇 걸음 물러나자 아이들이 웅성 거렸다.

"그만, 그만 됐어. 그래, 좋아. 이제부터 메뚜기 이 새끼, 네 똘마니 해라."

태욱이가 싸늘하게 웃으며 윤제에게 말했다. 그리고 아이 들을 윽박질렀다.

"야, 메뚜기 건들지 마. 메뚜기 건드리는 새끼는 나한테 죽 어!"

윤제는 이런 결과를 예상하지도 못했지만, 그보다도 자기 마음대로 승부를 가르고 기철이를 전리품처럼 내주는 태욱 이가 가소롭고 아니꼬워서 부아가 치밀었다. 그러나 한편으 로는 인섭이처럼 센 녀석이 복종하는 것을 보면 결코 만만 치 않은 상대라는 생각도 들었다.

'두고 보자!'

윤제는 아버지가 하던 말이 생각났다.

"우리가 이런 하우스 구석에 살지만 그래도 여게는 서울 이다. 저게 봐라. 저가 서울 법원이고, 요기 바로 콧구녕 앞에 짓고 있는 게 검찰청이다. 말하자면 우리는 서울서도 노린자 우에 살고 있다고 생각하면 된다. 그러이 너들도 인자 강원도서 살던 생각은 싹 내삐리고 살아야 한다."

아버지는 강원도에서 살던 생각을 버려야 한다고 말했다. 강원도에서 살던 생각은 무엇이고 무엇을 버려야 하는지 아직은 알 수 없지만, 어쨌든 여기는 강원도가 아니고 서울이라는 사실을 오늘 낯선 아이들과의 싸움으로 분명히 느끼게 되었다.

윤제도 강원도에 살 때는 골목대장이었다. 그러나 태욱이처럼 착 가라앉은 목소리로 일대일 맞장을 뜨라고 명령해 본 적은 없었다. 그냥 화가 나면 치고받고 몇 놈이 되든 일단 붙어서 코피 터지게 싸웠지, 적당한 선에서 승패를 가릴 줄도 몰랐다.

문득 연탄 물이 쫄쫄 흐르는 고향 친구들의 다정한 얼굴이 눈앞을 스쳤다. 하늘을 올려다보았다. 파란 하늘에 흰 구름이 올올이 풀어져 흩어지고 있었다. 어쩌면 어린 시절을 향한 그리움도 저 흰 구름처럼 언젠가는 다 흩어지고 말 거라는 생각에 눈가가 뜨뜻해졌다.

이튿날도 윤제는 공터에서 태욱이와 마주쳤다. 윤제가 못 본 척하자 태욱이가 먼저 윤제 어깨를 탁 치며 말했다.

"야, 어제 일 나한테 고마워해라. 너하고 붙었던 애들, 호성이만 육 학년이고 다 오 학년이야. 오 학년 애들한테 지면 무지 쪽팔리잖아. 안 그래?"

'아유, 이 새끼를……'

주먹이 들썩거렸지만 딱히 칠 이유가 없었다. 싸움에 꼭 이유가 있어야 할 필요는 없지만, 이 동네에서 살게 된 이상 처음부터 싸움꾼으로 찍히기는 싫었다. 또 솔직히 마음속으로는 두고 보자고 벼르면서도 괜히 태욱이의 그 싸늘한 눈빛에 눌리는 것 같아 떨떠름하기도 했다.

기철이는 좀 덜떨어지긴 했지만, 윤제 덕분에 자기가 아이들에게 시달림을 받지 않게 되었다는 사실쯤은 알고 있었다. 그래서 아침마다 혁제에게 구박을 받으면서도 윤제를 찾아왔다.

윤제는 엄마가 차려 놓고 간 밥상머리에 앉아서 형과 함께 아침을 먹었다. 새벽에 엄마는 빌딩 청소를 하러 가고 아버지는 '인간 시장'에 나갔다.

"같은 말이라도 왜 하필 인간 시장이래요, 인간 시장이. 인력 시장이라고 해요."

엄마가 퉁바리를 줘도 아버지는 무뚝뚝하게 대답했다.

"딴소리는……. 인간을 사고파는데 우떠케 인간 시장이

15

아니냐.”

아버지 말처럼 인간 시장이란 일거리를 얻으려는 사람들이 양재 지하철역 앞에 모여 있으면 일꾼이 필요한 사람들이 자기에게 필요한 사람을 데려가는 것이다. 새벽부터 나가 서 있는다고 꼭 일자리를 얻는 것은 아닌지 아버지는 간혹 허탕을 치고 돌아오는 날도 있었다. 엄마는 새벽에는 빌딩 청소를 하고 낮에는 틈틈이 식당 일을 다니며 하루 종일 바쁘게 움직였다.

윤제는 기철이와 함께 학교에 가다가 서초 지하철역 지하도를 빠져나와 농협 앞에 이르자 말했다.

“야 메뚜기, 갈라져. 빨리 가! 우리 반에 오지 마!”

여기서부터는 학교 앞 동네였다. 이 동네에는 같은 반 아이들이 많이 살고 있어서 윤제는 기철이 같은 애랑 다니는 것을 보이기가 창피했다. 윤제는 뒤를 힐끗거리며 걸어가는 기철이를 보자 미안한 마음이 들었다.

‘그래도 형보다는 낫지 뭐!’

형은 아침저녁 꼭 죄지은 사람처럼 다른 동네로 돌아서 숨어 다닌다. 윤제는 그런 형이 비겁해 보였다.

‘빙신같이 하우스에 사는 게 뭐 그렇게…….’

윤제는 발끝에 걸리는 돌멩이를 힘껏 걷어찼다.

아카시아꽃 향기

'서초동 법원 단지 앞 꽃마을'의 원래 이름은 객골 마을이다. 그러나 객골 마을을 아는 사람은 거의 없다. '꽃마을' 하면 허여멀겋게 쭉 뻗어 올라간 법원과 완공을 눈앞에 두고 있는 검찰청을 생각할 뿐이다. 그러나 하늘을 향해 솟아오르는 법원 검찰청 바로 코밑에 게딱지처럼 납작 붙어서 '서초동 법원 단지 앞 꽃마을 비닐하우스촌'이라는 긴 이름을 가진 빈민촌이 있다. 그곳이 바로 윤제네가 살고 있는 동네이다.

비닐과 보온용 덮개를 덕지덕지 덮어씌운 길쭉한 하우스 한 동에는 보통 네댓 집이 칸을 막고 산다. 집 구조는 대개 바깥으로 난 부엌문이 있고, 그 문을 열면 연탄 보일러가 꼬르륵거리는 부엌과 부엌에 잇대어 방이 한두 칸 있다. 부엌문 옆에 달아 놓은 환기구인 비닐창으로 햇살이 비치면 한쪽에 쌓아 놓은 난방용 연탄에서 까만빛이 소물거렸다.

이 동네는 온종일 조용하다가도 저녁이 되면 시끌벅적했다. 하루 종일 뛰어놀아 땟국물이 흐르는 아이들에게 악을 써 대는 어른들의 메마른 고함 소리, 두들겨 패는 소리, 맞고 우는 소리가 뒤섞여 들렸다. 또 술에 취한 남자들이 엉겨 붙어 싸움박질을 하거나, 부부 싸움을 하거나, 아이 싸움이 어른 싸움으로 번져서 머리채를 잡아뜯거나 하는 악다구니가 칸막이 판자의 경계를 넘나들었다.

그러나 아침이 되면 뿔뿔이 흩어지고, 하루 종일 "빨갱이를 때려잡아야 한다."고 중얼거리는 끝네 할머니와 하수구 위에서 웅웅거리는 파리 떼만 부지런히 마을을 돌아다녔다. 끝네 할머니는 사람들이 이름을 물으면 언제나 "끝네."라고 대답하며 웃었다. 동네 아이들은 그게 재미있다고 할머니만 지나가면 붙잡고 이름을 물었다. 누가 깎아 주었는지 끝네 할머니의 깡똥한 뚜께머리는 여간 우습지 않았지만 눈빛은 어린아이처럼 맑아서, 동네 사람들은 '저 할머니는 정신이 저래도 죄지은 일은 안 했을 거'라고 했다.

"요새야 뺄개이가 잘 읎지만, 내가 쪼꾸만할 때는 울진, 삼척 지구에 걸핏하면 뺄개이들이 나타났어. 군인들이 새벽부터 온 동네에 쫙 깔래 가지고는 집집마다 문짝을 벌꺽벌꺽 열어젖히고……. 참, '공산당이 싫어요.' 했다는 이승복이 그놈아도 뺄개이한테 입이 째져서 안 죽었나. 저 할마이도 분명히 뺄개이 때문에 정신이 돌았을 거구먼."

"아빠, 빨갱이는 정말 빨개요?"

"빨갛기는, 우리메로 똑같이 생긴 사람이다."

"그럼 왜 빨갱이라고 하는데?"

"그놈아들이 남한을 집어 처먹을라고 내려와서 쏘속거리고 댕기니 속이 씨뻘건 놈들이 아니나. 그래서 뺄개이라고 부른다."

아버지는 끝내 할머니가 분명히 무장간첩들에게 식구들을 잃었거나 고통을 당했을 거라고 했다.

끝내 할머니는 배가 고프면 아무 집이나 문을 열고 "밥 줘!" 하고 말했다. 사람들이 밥을 주면 밥그릇을 안고 쏜살같이 집으로 내달았다. 엄마는 끝내 할머니가 밥을 달라고 하면 밥 위에 반찬을 얹어 주곤 했는데, 끝내 할머니는 밥을 다 먹고 나면 신기하게도 밥그릇을 반드시 도로 갖다주었다. 끝내 할머니를 보고 어떤 사람들은 꽃마을이 시작될 때부터 살았다고 했고, 하우스 구석에 웅크리고 있는 깃을 누가 보고 방을 만들어 줬다고도 했지만 정확하게 아는 사람은 없는 듯했다.

윤제네 옆집 지희네는 지희 아버지가 골수암을 앓고 있어서 지희 엄마가 파출부를 해서 먹고살았다. 그다음 집인 털보 아저씨네는 털보 아저씨 부부와 고등학교에 다니는 아들 영진이가 살았다. 털보 아저씨는 리어카를 끌고 고물을 주우러 다녔고, 아주머니는 관절염이 심해서 꼼짝도 못 하고 방 안에만 있었다.

문제는 털보 아저씨네 다음 집인 대현이네였다. 대현이 아버지는 생긴 건 얌전한데 술만 취했다 하면 정신이 돌아 버려서 식구들을 마구 두들겨 패고 살림살이를 있는 대로 때려 부수었다. 그 바람에 대현이네는 솥단지 하나 성한 것이 없었다. 대현이와 동생 수현이는 그 일에 익숙해졌는지, 일단 야단이 났다 하면 아무 집이고 뛰어 들어가서 꼼짝 않고 박혀 있다가 싸움이 끝나야 나왔다.

초등학교 2학년인 대현이와 일곱 살 난 수현이가 윤제네 집에 들어오면 엄마는 혀를 끌끌 차며 아이들을 품에 안아 주었다. 윤제는 겁먹은 얼굴로 떨고 있는 대현이와 수현이를 볼 때마다 대현이 아버지를 죽여 버리고 싶은 생각이 들었다.

"대현아, 수현아, 너 아빠는 개고긴기라. 개, 고, 기. 그기 어디 인간이가!"

아버지는 술에 취해서 혀 꼬부라진 소리로 대현이 아버지를 욕했다. 윤제는 그런 아버지를 보면 오히려 구역질이 났다. 아버지가 엄마 머리를 벽에 짓찧고 허리띠로 갈기던 일들이 떠올랐기 때문이다. 솔직히 죽이고 싶은 사람이 아버지인지 대현이 아버지인지 구별이 안 갈 때도 있었다.

윤제네는 서울에 오기 전 강원도 광산촌에 살았다. 아버지가 광산에 다녔기 때문에 별 어려움 없이 살았는데, 어느 날 엄마가 계를 붓던 계주가 돈을 떼어먹고 도망을 쳤다. 돈을 떼인 뒤로 엄마는 아버지에게 온갖 시달림을 당했다. 결국 매에 못 이긴 엄마는 집을 나가 버렸다. 아버지는 엄마를 찾는다고 일은 않고 술에 절어 살았고, 윤제는 형과 함께 외갓집에서 학교를 다녔다. 그리고 만 1년이 지나서 엄마가 이 동네에 하우스 한 칸을 마련해 놓고 식구들을 불러 모은 것이다.

"형, 나는 엄마 아빠 따라 이사 가기 싫다. 그냥 외할머니하고 여기서 살고 싶다."

"왜?"

"뻔하잖아. 아빠가 또 엄마 때리면 엄마가 노랑을 길 기고……."

"에이, 이제는 안 그러겠지. 걱정하지 마. 아빠가 또 그러면 내가 가만 안 둘 거다."

"형이 아빠를 어떻게 할 수 있나?"

"전에는 겁이 나서 가만히 있었지만, 이제는 엄마 못 때리게 할 거다."

윤제는 형을 믿을 수 없었다. 아니, 형이 아버지를 당해 낼 수 없을 것 같았다. 그래서 서울로 오게 되었을 때도 걱정이 태산이었고, 지금도 아버지가 술에 취해서 오는 날은 마음을 졸였다.

윤제는 친구를 하나둘 사귀게 되면서 이 동네가 점점 좋아졌다. 이 동네 아이들은 마치 놀기 위해서 태어난 것 같았다. 학교에 갔다 와서 책가방만 던져 놓으면 해가 질 때까지 놀았다. 그렇다고 동네에 아이들이 놀 만한 놀이터가 있는 것도 아니었다. 아이들의 유일한 놀이터는 하수도 물이 찔찔 흘러내리고 파리가 들끓는 공터였다. 그러나 그 공터에 나가면 언제나 같이 놀 아이들이 있었다.

윤제가 요즘 더욱 신나는 건 태욱이가 공터에서 사라졌기 때문이다. 태욱이 엄마가 채소 가게를 시작해서 태욱이가

학교에서 곧장 가게로 가서 배달을 하느라 나타나지 않는
거라고 했다. 물론 그동안 윤제가 태욱이를 공터에서 한 번
도 마주치지 않은 건 아니었다. 어쩌다 불쑥 나타나 윤제랑
놀고 있는 아이들을 짧고 단호한 목소리로 불러서 가거나,
뒤늦게 나타나서 이미 벌어진 놀이판을 다른 것으로 바꾸는
등 여전히 자신의 위세를 드러냈지만 윤제에게는 별다른 간
섭을 하지 않았다. 어쨌든 보기만 하면 목구멍에 걸린 가시
처럼 껄끄럽던 상대가 사라졌으니 윤제로서는 여간 기분 좋
은 일이 아닐 수 없었다.

학교가 문제였다. 전학을 온 지도 꽤 되었는데 학교만 생
각하면 숨이 콱 막히고 마음이 답답했다. 그럴 수밖에 없는
것이 윤제는 '똑바로' 선생님한테 '도대체' 마음에 들지 않는
학생이었기 때문이다.

윤제의 담임 선생님은 양쪽 볼이 쪼글쪼글한 할머니였다.
30년이 넘도록 교직 생활을 하고 있다는 이 할머니 선생님
은 성격이 꼬장꼬장해서 책상이 한 줄이라도 삐뚤어져 있으
면 그냥 지나치지 못했다. 선생님은 교실에 들어오면 "똑바
로 앉아. 똑바로 읽어. 똑바로 써. 똑바로 걸어."를 입에 달고
살았다. 그래서 별명이 '똑바로'이고, 말끝마다 '도대체'가
붙어서 또 하나의 별명은 '도대체'였다.

집에 오면 책가방을 던져 놓기 바쁘게 놀기만 하는 윤제가 숙제와 준비물을 제대로 챙겨 갈 리 없었다. 윤제도 처음 전학 와서 며칠은 잘해 보려고 딴엔 애도 써 봤다. 그러나 글씨가 괴발개발 왜 이 모양이냐, 수학 검산은 제대로 한 거냐고 번번이 야단을 맞는 바람에 학교에 흥미를 잃고 말았다. 그래서 이제는 아예 될 대로 돼라는 식으로 내팽개쳤다.

1교시 수학 시간이었다.

"김윤제, 똑바로 앉아. 너 왜 문제 안 풀고 있니?"

선생님이 30센티미터 자로 손바닥을 탁탁 치며 윤제 쪽으로 왔다.

"넌 왜 책이 없어? 도대체가⋯⋯."

윤제는 입을 꽉 다물고 대답하지 않았다.

"학교 오는 학생이 책도 안 가지고 와? 손바닥 대."

윤제가 일어나서 손바닥을 내밀었다. 그때 아카시아꽃 향기가 코끝으로 물씬 풍겨 왔다. 윤제는 자기도 모르게 꽃향기를 좇아 고개를 돌렸다. 담 옆에 흐드러지게 핀 아카시아꽃이 바람에 흔들리고 있었다.

"야 김윤제, 넌 매를 맞으면서도 정신 못 차리고 멍청하게 바깥만 내다보니? 어떻게 된 애가 이렇게 쇠심줄이니, 도대체."

선생님은 윤제의 머리를 자로 쿡쿡 찌르며 화를 냈다.

"한두 번도 아니고 안 되겠다. 너희 엄마 좀 학교에 오시라고 해. 도대체가……."

윤제는 고개를 푹 숙이고 가만히 있었다.

"아니야, 내가 직접 전화를 해야지. 너네 전화번호 뭐야?"

윤제가 꿀 먹은 벙어리처럼 입을 굳게 다물고 있자 선생님이 이번에는 아이들에게 물었다.

"누구 김윤제네 집 아는 사람?"

선생님은 윤제네가 전화가 없다는 것도, 하우스에 산다는 것도 모른다. 하우스는 무허가 건물이라 주민 등록 전입이 되지 않기 때문에 생활 기록부를 뒤져서 주소를 알아내도 집을 찾을 수는 없을 터였다. 다행히 반에는 윤제네 집을 아는 아이가 없었다.

"애네 집 아는 사람이 하나도 없어? 그럼 너 오늘 공부 끝나고 남아라. 나하고 너희 집에 같이 가 보자. 부모님은 뭘 하시는지, 도대체."

윤제는 가슴이 철렁했다.

'선생님을 집에 모시고 갈 수는 없어. 우리 집이 비닐하우스라는 걸 알면…….'

윤제는 쉬는 시간에 운동장으로 나갔다. 펄쩍펄쩍 뜀박질을 해서 아카시아꽃을 손에 잡히는 대로 죽죽 훑었다. 손에 잡힌 꽃들이 후드득 떨어졌다.

"이 개놈의 꽃 냄새……."

윤제는 아카시아꽃을 입에 넣고 질겅질겅 씹으며 분풀이를 했다. 공부 시작 종이 울리자 윤제는 한 움큼 쥐고 있던 아카시아꽃을 하늘을 향해 휙 뿌렸다. 하얀 꽃잎들이 꽃비가 되어 머리 위에 내려앉았다.

2, 3교시에도 윤제의 마음은 바윗덩이를 매단 듯 무거웠다. 사실 선생님과 함께 집에 간다 해도 엄마는 지금 식당 일을 가고 없다. 하지만 좁은 방 안에 벌여 놓은 밥상과 몸만 빠져나오고 그대로 널브러져 있을 이불과 그리고……. 생각할수록 머리가 지끈거리고 아팠다.

윤제는 점심을 먹은 뒤 운동장을 가로질러서 교문 밖으로 나왔다.

'사라져야 한다!'

그러나 딱히 갈 만한 곳이 없었다. 잠시 망설이다 골목을 돌아서 학교 뒤쪽에 있는 지하도를 빠져나왔다. 발길이 가는 대로 터벅터벅 걸어서 예술의전당을 짓고 있는 공사판을 지나 우면산으로 올라갔다. 산길에는 작은 풀꽃들이 저마다의 색깔을 자랑하며 소복소복 피어 있었다. 산길을 따라 올라가니 약수터가 나왔다.

"이놈아, 왜 학교 안 가고 여기서 얼쩡거리는 겨?"

약수터 의자에 앉아 나무둥치를 기어오르는 청설모를 보고 있는데 어떤 할아버지가 호통을 쳤다. 그러자 다른 사람들도 윤제를 바라보았다. 윤제는 일어나서 대성사 쪽으로 올라갔다. 절에 올라가 볼까 하다가 사람들을 만나면 또 야단을 맞을 것 같아서 오솔길 옆 숲으로 들어갔다. 키 작은 상수리나무 밑에 앉았다. 상수리나무 옆에는 노란 뱀딸기꽃이 오종종 피어 있었다. 귀에서 선생님과 아이들의 소리가 쟁쟁거렸다.

'씨, 아빠는 소리나 꽥꽥 지르고, 엄마는 피곤하다고 짜증만 박박 내고, 형은 공부하라고 쥐어박고……. 기철이, 경우, 인섭이, 호성이…….'

그래도 그 아이들은 뭔가 통할 것 같았다. 호성이도 어제 선생님한테 맞아서 손바닥이 아프다고 했다.

'호성이도 학교 가기 되게 싫을 거다!'

아이들을 생각하니 울적하던 마음이 조금은 가시는 것 같았다.

"앗, 따가워!"

다리에 개미 한 마리가 붙어 있었다. 앉았던 곳을 살펴보니 개미들이 줄줄이 줄을 지어 기어다녔다. 윤제는 나무 막대기를 들고 개미들이 기어가는 길을 방해했다. 개미들이 이리저리 몰리며 허둥댔다. 윤제가 바닥에 금을 그어 놓고 말했다.

"난 너희들의 왕이다. 이제부터 여기 넘어오는 놈들은 죽는다."

개미들은 뿔뿔이 흩어져서 사방으로 기어갔다.

"내 말 안 들으면 어떻게 되는지 보여 주지."

윤제는 가장 커 보이는 개미를 꼭 집어서 엄지와 검지 손가락으로 살짝 비볐다.

"바보 같은 놈! 살려 달라는 말도 못 하나?"

개미를 힘껏 내동댕이쳤다. 풀잎에 떨어진 개미가 실오라기보다 가는 다리로 바동질을 해 댔다. 불쌍했다. 아무래도 이 개미를 집에 데려다줘야 할 것 같았다. 발을 조촘거리며 줄지어 가는 개미들을 따라갔다. 썩은 나무뿌리 밑에 개미집 구멍이 송송 뚫려 있었다. 개미들은 그 구멍 속을 바쁘게 드나들었다.

"저네 식구가 없어졌는데도 찾을 생각은 안 하고……. 이 나쁜 놈들, 에잇!"

윤제는 괜히 심술이 나서 발뒤꿈치로 개미집을 마구 뭉갰다. 개미집은 순식간에 흔적 없이 사라졌다. 그 자리에 앉아서 꼬챙이로 다시 땅바닥에 구멍을 뚫었다. 그러고는 쥐고 있던 개미를 구멍에 넣었다.

"혼자서라도 잘 살아야 해!"

개미가 구멍 속에서 빙빙 도는 것을 보니 속이 아릿했다.

산에서 내려와 학교로 갔다. 교실에 두고 온 책가방을 찾으러 가고 싶은데 발걸음이 떼어지지 않았다. 아카시아꽃 냄새가 진동하는 담 밑에 붙어 서서 햇빛에 반짝이는 교실 유리창만 올려다보다가 돌아섰다.

"야, 너 어디 갔다 이제 와?"

윤제가 문을 열고 들어서자 혁제가 소리를 질렀다. 윤제는 배가 고파서 형이 뭐라고 하든 말든 귓등으로 들으며 밥상보를 벗겼다. 아침에 먹던 반찬이 그대로 있었다. 전기밥통에서 밥을 퍼 꾸역꾸역 먹었다.

'어, 책가방!'

분명히 학교에 두고 온 책가방이었다. 윤제가 고개를 갸웃거리자 혁제가 눈을 부라리며 말했다.

"너 인마, 엄마 아빠 오면 다 이른다. 점심시간에 도망쳤다며? 니네 선생님이 우리 집 찾느라고 아이들한테 다 물어보고 다녔대. 아유, 쪽팔려서 정말……."

윤제는 깜짝 놀라서 목구멍이 꽉 막혔다. 캑캑거리는 윤제 옆으로 혁제가 바짝 다가앉으며 목소리를 낮춰 말했다.

"새끼야, 엄마 아빠가 알면 너 맞아 죽을까 봐 이번 한 번만 봐준다. 내가 비밀로 해 줄 테니까 다신 그딴 짓 하지 마, 알았어?"

윤제가 대답을 하지 않자 혁제가 윤제의 어깨를 내리치며 화를 냈다.

"야 이 새끼야, 빨리 대답해!"

윤제는 아무것도 말하고 싶지 않았다. 다만 아직도 코끝에 느껴지는 달콤 쌉쌀한 아카시아꽃 향기만 생각날 뿐이었다.

아지트

윤제는 내일 학교에 갈 걱정이 태산이었다. 이런저런 꾀병도 생각해 봤지만, 감기 한 번 걸린 적 없는 자기를 식구들이 믿어 줄 것 같지가 않아서 가슴만 바짝바짝 탔다.

'기철이를 꼬셔서 가출이나 해 버릴까? 아니야, 그랬다간 기철이 아빠한테 죽지.'

기철이 아버지는 화가 나면 칼을 들고 설친다고 동네에 소문이 나 있어서 윤제는 기철이 아버지를 보면 괜히 불안했다.

'아유, 학교에 가는 것보다 차라리 괴물들 소굴에 잡혀가는 게 낫겠다.'

고민을 하다가 깜빡 잠이 들었는데 벌써 아침이었나.

"너, 부엌 하수구에 오줌 싸면 죽어!"

윤제가 팬티 바람으로 나가자 혁제가 소리를 질렀다. 이 마을 사람들은 공동변소를 사용하기 때문에 새벽에 가도 줄을 서야 한다. 변소라고 해 봐야 드럼통을 땅속에 묻고 나무 판자로 발판 두 개를 걸쳐 놓은 다음 보온용 덮개를 둘러친 게 전부였다. 형한테 잔소리를 들은 윤제는 마지못해 다시 방에 들어와 옷을 입고 나갔다. 변소 앞에 호성이가 서 있었다. 호성이를 보자 번개 같은 생각이 떠올랐다.

"야, 장호성!"

"어?"

호성이가 잠이 덜 깬 눈을 비비며 돌아보았다.

"오늘 우리 학교 같이 가자. 내가 너네 집으로 갈게 기다리고 있어."

"메뚜기는?"

"인마, 내가 뭐 만날 메뚜기하고만 다니는 줄 알아?"

"어, 알았어."

대답을 하면서도 호성이는 뭔가 이상하다는 듯 고개를 갸웃했다.

"김윤제 뭐 하나?"

아직 기철이도 오지 않았는데 일어나서 밥을 먹고 가방을 메고 나가는 윤제가 수상한지 혁제가 물었다.

"형, 메뚜기 오면 나 먼저 갔다고 그래."

"야 김윤제, 오늘도 토끼면 죽는다!"

형의 엄포를 뒤로하고 윤제는 재빨리 호성이네 집으로 갔다. 호성이 엄마와 아버지는 일하러 가고 없었다. 호성이 엄마는 24시간 하는 식당에 다니는데 새벽 4시면 일을 하러 나가고, 호성이 아버지도 빌딩 경비 일을 하기 때문에 일찍 나갔다.

"장호성 인마, 빨리 일어나 학교 가자."

호성이는 또 자고 있었다. 윤제가 깨우자 겨우 일어나 밥을 먹고 책가방을 챙겼다.

"에이 씨, 준비물 살 돈도 안 주고 갔잖아."

"그럼 너 오늘 또 터지겠네?"

"오늘 파스텔 안 가져가면 또 맞는데, 씨."

호성이가 우거지상을 하자 위로 들려 올라간 입술이 더욱 삐죽 솟았다.

아직 이른 시간이라 학교에 가는 아이들은 별로 눈에 띄지 않았다. 서초역 지하도까지 내려갔을 때 윤제가 호성이 어깨를 툭 치며 말했다.

"야 장호성, 우리 아지트 만들래?"

"뭐, 아지트?"

"자식, 놀라긴…… 그래, 아지트."

"어디서?"

"나만 따라와."

"학교는?"

"땡땡이치고."

"야, 안 돼. 우리 엄마가 알면 죽음이야!"

"쪼다 새끼, 잔말 말고 따라와."

윤제는 호성이의 손을 잡아끌었다. 호성이 입술이 일그러졌다. 윤제는 호성이를 데리고 어제 갔던 예술의전당 공사판 쪽으로 올라갔다. 약수터에 갔다 오던 사람들이 책가방을 메고 올라가는 두 아이를 이상하다는 눈초리로 바라보았다. 그때 마침 공사 현장 옆에 놓여 있는 드럼통 하나가 눈에 띄었다. 윤제가 들여다보니 빈 통이었다. 윤제는 가방을 벗어서 드럼통 속으로 휙 던졌다.

"너도 여기에 넣어."

호성이 눈이 휘둥그레졌다.

"히히, 이제 됐다. 가방을 메고 가니까 자꾸 이상하게 보잖아."

"야, 그래도…….."

호성이가 머뭇거리자 윤제는 호성이 가방을 벗겨서 드럼 통 속으로 던져 버렸다.

"얌마, 쪼잔하기는!"

윤제는 호성이 팔목을 또다시 잡아끌었다.

숲으로 접어들어 한참을 오르자 소나무 세 그루가 둘러선 곳이 보였다. 윤제는 걸음을 멈추고 옆에 있는 떡갈나무 가 지를 꺾었다.

"야, 여기다가 우리 아지트 만들자. 뭐 해. 너도 꺾어 와."

"알았어."

호성이가 체념했는지 떡갈나무 가지를 꺾기 시작했다. 나 뭇가지가 뚝뚝 소리를 내며 부러질 때마다 하얀 속살이 드 러났다. 소나무 둥치를 중심으로 돌아가면서 떡갈나무 가지 를 걸쳐 놓으니 제법 아늑한 보금자리가 되었다.

"됐다."

"야, 근사하다!"

"이걸로 완전 무장을 하는 거야. 이렇게…….."

윤제는 떡갈나무 잎사귀를 엮어서 머리에 썼다.

"야 김윤제, 아프리카 추장 같다!"

호성이도 나뭇잎을 엮어서 머리에 썼다. 윤제와 호성이는 자기들이 만든 아지트에 함께 누웠다.

"지금쯤 도대체가 날 찾을까?"

윤제가 하늘을 올려다보며 혼잣말을 하자 호성이도 겁이 나는지 볼멘소리를 했다.

"에이 씨, 죽었다."

"얌마, 죽기는 왜 죽어? 난 어제도 땡땡이쳤는데 이렇게 살아 있잖아."

"엄마가 착하게 살아야 한다고 했는데……."

"착하게? 얌마, 착하게 사는 거 내가 가르쳐 줄까? 착한 건 돈 많은 거야. 봐, 돈이 있으면 좋은 집에 살면서 사람들을 폼 나게 도와줄 수도 있잖아. 안 그래, 장호성? 난 어른이 되면 돈 많이 벌 거야. 돈 많이 벌어서 착하게 살 거야."

윤제가 싱긋 웃으며 팔을 벌려서 호성이를 안았다.

"야, 왜 이래?"

"가만 있어, 인마. 엄마 아빠처럼 해 보는 거야."

"엄마 아빠?"

"그래, 어젯밤에도 우리 아빠가 술에 취해서 엄마를 이렇게 안고, 히힛."

"우리 아빠도 그래. 이건 비밀인데, 내가 자다가 보니까 우리 엄마 아빠가 이렇게 안고서, 히히히."

"너네도?"

"그래, 히히히."

윤제와 호성이는 알 것 같다는 눈빛을 주고받았다. 그러고는 서로 안았다가 간지럽히기도 하면서 낄낄댔다.

"야, 너 털 났어?"

"털?"

"그래, 너 고추에 털 났냐고?"

"났어."

"어디 봐."

"싫어, 히히히."

"야 장호성, 그런데 왜 넌 태욱이 똘마니냐?"

"태욱이 걔, 새대가리파 부두목이야."

"뭐? 새대가리파?"

"그래, 걔가 그러는데 자기네 두목 형은 담뱃불로 팔을 지지면서도 웃는대. 그 새끼 얘기 들어 보면 정말 무시무시해. 누구든 자기를 건드리면 보복할 거래. 내가 이런 말 했다고 하지 마. 그럼 나 죽어."

"그런 게 어딨냐? 다 뻥일 거야."

"나도 잘 몰라. 어쨌든 우리 동네 애들은 다 걔 무서워해. 참, 걔네 아빠도 깡패 두목이었는데 지금 잡혀가 있대. 그래

37

서 걔네 엄마랑 둘이서 살잖아."

윤제는 문득 태욱이 입가에 싸늘하게 흐르던 웃음이 영화에서 본 깡패들의 웃음과 닮았다는 생각이 들었다.

"야, 우리 언제 집에 가?"

"공부 끝날 때쯤."

"에이 씨, 우리 엄마 알면 난 죽었다."

"너네 엄마가 어떻게 아냐?"

"그래도……."

호성이는 또 얼굴을 일그러뜨리고 비굴한 표정으로 울상을 지었다.

"겁쟁이 새끼."

말은 그렇게 했지만 호성이를 쏘아보는 윤제의 눈빛도 흔들렸다.

점심때가 지나서 윤제와 호성이는 드럼통에서 가방을 꺼내 둘러메고 집으로 향했다. 둘 다 아침을 먹는 둥 마는 둥 했기 때문에 배가 무척 고팠다.

"빨갱이를 때려잡아……."

공터까지 왔을 때 끝네 할머니가 파란 플라스틱 바가지를 품에 안고 바삐 걸어가며 중얼거렸다.

아버지가 일거리를 얻지 못하고 집에 돌아와 있을 수도

38

있다는 생각에 윤제는 곧장 호성이네 집으로 갔다. 호성이네 방에는 아침에 벌여 놓은 밥상이 보자기도 덮이지 않은 채 그대로 있었고, 바퀴벌레 한 마리가 곧 떨어질 알주머니를 배에 차고 상 위에서 기어다녔다. 호성이는 전기밥통에서 밥을 푸고 참치 통조림을 땄다. 둘은 방바닥에 다리를 벌리고 앉아서 다리 사이에 밥그릇을 놓고 퍼먹었다. 작은 참치 통조림 한 통이 금방 기름만 남았다. 둘은 기름까지 싹싹 먹어 치웠다.

"야, 너 돈 없어?"

"없어."

"찾아봐. 우리 게임 하러 가자."

"가만있어 봐."

호성이가 여기저기 뒤지기 시작했다. 부엌의 그릇 밑에 500원짜리 동전 하나가 있었다.

"야 김윤제, 너 오늘 왜 학교 안 왔어?"

윤제가 한참 게임을 하고 있는데 뒤에서 말소리가 들렸다. 뒤돌아보니 같은 반 성호였다. 머릿속에 적당히 둘러댈 말들이 떠올랐지만 대꾸하지 않았다. 윤제는 슬그머니 호성이 옷을 잡아끌며 일어섰다. 둘은 다시 걸어서 서초 지하철역까지 갔다. 신발을 벗어 멀리던지기 놀이를 했다.

"이놈들아, 여기서 놀면 안 돼."

역무원 아저씨가 소리를 질렀다. 둘은 지하철역을 나와서 다시 걸었다. 아직 해는 산 위에서 내리쬐고 있었다. 윤제는 하루가 무척 길게 느껴졌다.

"야 장호성, 우리 내일도 땡땡이칠래?"

"안 돼."

"안 되긴, 인마."

윤제가 호성이 배를 주먹으로 쿡 쳤다.

"아, 알았어."

호성이가 배를 문지르며 고개를 끄덕였다.

호성이와 헤어지고 집으로 돌아와서 방문을 열자, 혁제가 읽고 있던 책을 던지며 소리쳤다.

"야 김윤제, 너 오늘도 학교 안 갔지? 이 새끼, 오늘 죽을 줄 알아!"

책은 윤제 머리에 정통으로 맞고 떨어졌다. 눈물이 찔끔 날 정도로 아팠다.

"왜 때리고 지랄이야!"

윤제가 대들자 혁제가 뺨을 때렸다.

윤제는 눈물을 훔치며 씩씩거렸다. 뺨이 얼얼하고 화끈거렸다. 그러나 형한테 맞고 나니 오히려 가슴이 뚫리는 것 같앗다. 종일 돌아다니면서도 가슴 한구석이 저리고 꽉 막힌 것 같았기 때문이다.

'아무리 그래도 학교에는 안 간다.'

윤제는 마음속으로 다시 한번 다짐했다.

형

아버지가 통닭을 풀어 놨다. 오랜만에 닭고기 맛을 보는 식구들은 기분이 좋아서 싱글벙글했다. 아버지가 닭 모가지를 쭉쭉 빨며 큰소리를 쳤다.

"오늘 하수도 땅을 팠는데 반나절 거리도 안 되는 거야. 내가 단참에 파 제켰더니 주인이 놀라더라고. 일 끝나고 돈 주다가 아이들이 몇이냐고 물어봐서 아들 녀석만 둘이라고 했더니 나보고 힘도 센 양반이 복도 많다나. 아, 그러면서 애들한테 치킨이라도 한 마리 사다 주라고 돈을 얹어 주더라니까."

"그 말이 맞네요. 당신하고 나는 복 많은 사람이래요. 지금은 이 고생을 해도 우리 애들 잘 키워 놓으면 부러울 게 뭐 있겠소. 안 그래요, 혁제 아버지?"

엄마도 기분이 좋아서 맞장구를 쳤다.

"혁제야, 윤제야, 너들은 그저 아무 생각 말고 심내서 공부나 해라. 엄마 아빠는 뭔 일을 해서든지 전세방이라도 얻을 테니까. 기특한 내 새끼들…….."

엄마가 흐뭇한 눈길로 윤제 엉덩이를 툭툭 치며 눈시울을 붉혔다. 윤제는 엄마 아빠의 흥겨운 이야기가 귀에 들어오지 않았다. 오늘 일만 아니라면 누구보다도 좋아서 볼이 터져라 닭고기를 욱여넣을 윤제였지만 형 눈치를 보느라 맛도 느낄 수 없었다. 이런 윤제의 마음을 아는지 모르는지 형은 넝큼넝큼 고기를 입에 넣었고, 그럴수록 윤제의 마음은 더욱 초조해졌다.

"윤제 어데 있노? 이놈의 자슥, 왜 남의 아를 꼬여서…….."

윤제는 가슴이 철렁 내려앉았다. 호성이 엄마가 악다구니를 부리며 방문을 열어젖힌 것이다.

"이놈의 자슥아야. 논밭전지 다 내뿔고 아 하나 잘 키워 보겠다고 서울까지 와서 이 고상을 하는데, 이 문디 같은 놈이 남의 아를 꼬여서 학교에도 못 가게 해 놓고…….."

호성이 엄마는 벌겋게 달아오른 얼굴로 사방에 침을 튀기며 악을 썼다.

"호성이 엄마요, 뭔 일인지 좀 찬찬히 얘기해 보소. 우리 윤제가 뭔 일을 저질러서…….."

"아 교육 좀 똑똑히 시키소. 글쎄, 이놈의 자슥이 남의 아를 꾀어 내서 학교에도 못 가게 했다 안 하요."

"예? 학교에 못 가게 했다니 그게 뭔 소리래요?"

"뭔 말인지 모르면 저놈의 자슥한테 물어보소. 그래도 저놈의 자슥이 눈깔 빤히 뜨고 치다보는 것 좀 보게. 아이고, 이놈의 자슥아!"

호성이 엄마가 윤제 눈앞에 주먹을 내질렀다.

"윤제 니, 엄마한테 바른대로 말해 봐라!"

윤제는 고개를 푹 숙인 채 대답을 못 했다.

"혁제야, 니는 알고 있을 테니 니가 말해 봐라. 빨리 말 못하나?"

"윤제가 오늘 학교에 안 가고…….."

"뭐라고? 그러면 왜 엄마한테 말 안 했나?"

"말하면 또 아빠가 술 먹고…….."

"뭐라고, 이놈의 새끼야!"

아버지가 옆에 있던 파리채로 형의 등을 후려치며 소리를 꽥 질렀다.

"왜 때려요! 저 새끼가 잘못했는데."

"두 놈 다 죽여 삘 기다. 왜 가라는 학교는 안 가고……."

엄마가 아버지를 막아섰다. 아버지가 파리채로 엄마를 내리쳤다. 아버지가 눈을 부라리며 엄마를 밀치자 호성이 엄마가 무르춤해서 문을 닫았다.

"호성이 엄마요, 다 같이 자식 키우면서 가마이 말해도 알아들을 건데, 왜 이렇게 남의 집에 평지풍파를 일으킨대요!"

엄마가 문 쪽을 향해 소리를 질렀다. 그러자 호성이 엄마가 얼굴이 벌게져서 다시 문을 열어젖혔다.

"뭐라꼬, 평지풍파? 지 새끼 잘못 내질러 놓고는 얻다 대고 함부로 주둥이를 놀려 쌌노!"

"그래, 니 새끼가 그리 귀하면 왜 이런 하우스 밑에서 돌리나. 그렇게 귀한 자식은 고대광실에서 키워야제. 지도 새끼 키우는 년이 얻다 대고!"

엄마도 지지 않고 악을 썼다. 구경꾼들이 모여들었다.

"이놈의 동네 누가 전세 냈나? 왜 이렇게 여편네들이 시끄럽게 지랄이야."

밖에서 어떤 남자의 목소리가 들려왔다.

"야, 어느 씨벌할 놈이야? 불난 데 부채질하는 놈이!"

아버지가 벌떡 일어나서 문을 박차고 맨발로 뛰어나갔다.

모여 있던 사람들이 아버지의 고함 소리에 모두 흩어졌다.

"에이, 이놈의 집구석!"

아버지가 파리채를 집어 던지고 신발을 신었다.

"여보, 나가지 마소."

엄마가 아버지를 붙잡고 매달렸다. 아버지가 나가면 또 술을 마실 게 뻔했다.

"놔! 이거 못 놓나!"

아버지는 엄마를 발로 차고 기어코 밖으로 나갔다.

"왜 학교에 안 갔는지 엄마한테 싹 말해 봐라, 어서!"

엄마가 입술을 달달 떨며 윤제의 종아리를 사정없이 내리쳤다. 그러나 윤제는 자기 잘못을 알고 있기에 아무 말도 하지 못했다.

아버지는 한참 뒤에 술이 잔뜩 취해서 들어왔다.

"야 혁제야, 윤제 이놈의 자슥. 야!"

아버지는 좁은 방에서 팔다리를 큰대자로 뻗고 마구 소리를 질렀다.

"알았소. 혁제 아버지 얼른 자요, 얼른 자. 아이구, 몸서리야!"

"뭐, 이 여편네야! 니 어느 놈하고 돌아댕기다가 왔나?"

아버지가 연신 욕지거리를 해 대며 몸부림치는 것을 보고 윤제는 아버지의 입을 꽉 틀어막고 싶었다. 윤제가 아버지를 노려보자 혁제가 윤제 손을 잡고 바깥으로 나왔다.

"어유 씨, 아버지란 게 빙신같이…….."

"야 이 새끼야, 다 너 때문에…….."

윤제가 씩씩대자 혁제가 눈을 치켜뜨며 화를 냈다.

윤제와 혁제는 공터로 갔다. 텅 빈 공터에는 전구 한쪽이 검게 변해서 금방이라도 꺼질 것 같은 가로등이 희미하게 비치고 있었다.

"불이나 확 질러 버릴까!"

말없이 앉아 있던 혁제가 윤제를 힐끗 돌아보며 말했다.

"뭐?"

"아니야."

"형, 니 지금 하우스에 불 지르고 싶나?"

"니는?"

"나는 이 꽃마을도 훨훨 타고, 학교도 타고, 아예 이 세상이 통째로 훨훨 다 탔으면 조옳겠다."

윤제의 말이 채 끝나기도 전에 가로등이 껌뻑거리더니 캄캄해졌다. 건너편 빌딩의 불빛이 벌레처럼 스멀거리며 기어왔다.

"술만 먹으면……. 웬수다, 웬수. 그러니까 너들이 아버지를……. 쯧, 고마 들어가자.”

공터로 나온 엄마가 말을 마치지 못하고 머리를 쓱쓱 긁으며 돌아서는데 사람들이 외치는 소리가 들렸다.

“불이야!”

삽시간에 사람들이 몰려나왔다. 법원과 검찰청 중간쯤에서 검붉은 불길이 보였다.

“여러분, 멀리 피하세요. 가스통이 폭발하면 큰일 납니다.”

잠시 후 도착한 소방관들이 사람들을 대피시켰다. 소방 호스에서 물이 뿜어져 나오자 시뻘겋게 타오르던 불빛이 검은 연기가 되어 치솟았다. 다행히 불이 다른 곳으로 번지지는 않았다.

“인명 피해는 없대요?”

“모두 피했다는구먼.”

사람들은 놀란 얼굴로 서로 마주 보며 물었다. 이윽고 불이 다 꺼지고 소방차도 떠났다. 불이 꺼진 곳에서 연기가 폴싹거리며 올라왔다.

온 동네가 그렇게 시끄러워도 아버지는 술에 취해서 아무것도 몰랐다.

“아이구, 이 양반은 불더미 속에 들어가도 모르겠구먼. 참

큰일 날 뻔했다. 다닥다닥 붙은 집에 가스통을 하나씩 세워 놓았으니. 올해만 해도 불이 몇 번째라는데⋯⋯."

엄마가 놀란 가슴을 쓸어내리며 안도의 한숨을 내쉬었다.

다음 날 아침, 엄마는 윤제를 앞세우고 학교로 갔다.

"윤제야, 이제 졸업도 을마 안 남았는데 제발 엄마 간 떨 구지 말고 학교에 다녀라. 니가 자꾸 이러면 엄마는 못 산다. 선생님한테 그저 무조건 잘못했다고 빌어라."

엄마에게 끌려가는 윤제의 발걸음은 천근만근이었다.

'에이, 도대체가 우리 집까지 왔다 갔으니, 이제 아이들 앞 에서 온갖 잔소리를 다 할 텐데⋯⋯.'

윤제도 4학년 때까지는 공부를 곧잘 했다. 그런데 어느 날 갑자기 엄마가 없어지고 집이 풍비박산이 나면서 아예 공부 에 흥미를 잃고 말았다.

"호성아, 저런 인간 말종하고는 상대도 하지 말거래이. 호 성이 니, 엄마 말 단디 들었제?"

호성이 엄마가 뒤따라오며 윤제와 엄마더러 들으라는 듯 큰 소리로 말했다. 윤제는 호성이를 돌아보며 얼른 주먹을 쥐어 보였다.

'배신자!'

호성이가 윤제의 눈빛을 읽었는지 고개를 푹 숙였다.

엄마가 선생님과 이야기를 나누고 돌아간 뒤 선생님은 윤제에게 아무 말도 하지 않았다. 그러나 윤제는 차라리 몇 대 맞는 게 낫겠다는 생각이 들었다. 선생님과 눈길을 마주칠 수가 없기 때문이다. 자기를 보고 쑥덕거리는 아이들에게도 화가 났다. 누군가 걸리기만 하면 갈겨 버리고 싶었다.

불이 난 뒤 동네엔 소문이 분분했다. 땅임자들이 하우스 사람들을 내쫓기 위해 겁을 주려고 일부러 불을 질렀다는 것이다. 동네 사람들이 모여서 회의를 했다. 그리고 방범을 정해서 야간 순찰을 돌기로 했다. 아버지가 술에 취해 들어오는 날은 엄마가 아버지 대신 방범 활동을 했다. 사람들은 평상에 모여 있다가 밤 12시가 되면 짝을 지어서 새벽 4시 반까지 교대로 동네를 살피고 다녔다.

오늘 밤에도 엄마가 야간 순찰을 돌러 나갔다. 야경을 돌게 되면서 엄마는 동네 사람들과 어울려 가끔 막걸리를 마시기도 했다.

"이 여편네가 오밤중에 남의 사나들하고 뭐 하고 있나, 이 나쁜 년이!"

술 취한 아버지가 다짜고짜 엄마의 머리채를 휘어잡았다.

"놔라, 왜 사람 머리끄덩이를 끄잡고 난리나!"

여느 때 같으면 창피스러워서 아버지를 달랬을 엄마가 막

걸리 몇 사발을 마신 뒤라 같이 대들었다. 아버지가 엄마 머리채를 잡아끌었고, 엄마도 아버지 옷을 잡아뜯으며 땅바닥을 뒹굴었다. 부부 싸움이라 말릴 엄두도 못 내던 사람들이 엄마가 죽는 소리를 치자 달려들어 말리기 시작했다. 아버지가 말리는 사람들에게 눈을 부라리며 욕을 해 댔다.

"놔, 이 시벌놈들아! 이래 뵈도 인간 김학재가 막장 인생 20년이란 말이여. 놔!"

평소에 아버지는 광부였다는 이야기를 하지 않았다. 어쩌다 엄마가 무심결에 광산촌 이야기를 꺼낼라치면 버럭 소리를 질렀다. 그런데 술에 취하면 "내가 이래 뵈도 사끼야마다. 사끼야마는 막장에서도 최선봉장이라니까. 내 막장 인생 20년에 몸속에 탄가루가 박혔어도 이렇게 끄떡없이 살아가는 놈이여."라고 시작하여 스무 살에 시작한 광산 생활의 내력을 한 번에 쫙 꿰었다.

아버지가 새벽마다 인력 시장에 나가면서도 직장을 못 구하는 이유는 광산에서 일할 때 얻은 직업병 때문이었다. 취직을 하려면 신체검사를 해야 하는데, 엑스레이를 찍으면 광산에서 일할 때 폐에 박힌 석탄가루가 보이기 때문이었다.

"얘들아, 너네 아버지하고 엄마하고 싸운다. 얼른 와서 데려가거라."

대현이 엄마가 문을 열고 소리쳤나. 윤제는 떠어갔지만 혁제는 눈만 껌뻑이며 서 있다가 마지못해 슬리퍼를 직직 끌고 나갔다.

"엄마!"

윤제가 달려가 보니, 엄마의 머리는 산발이 되고 옷은 뜯겨 나가 앞가슴이 다 보일 지경이었다. 윤제는 아버지를 노려보았다. 찢어져 너덜거리는 아버지 옷 사이로 벌겋게 달아오른 가슴이 보였다. 그 순간 윤제는 화들짝 놀랐다. 아버지가 속이 벌건, 이승복의 입을 찢어 죽였다는 시뻘건 빨갱이로 보였기 때문이다.

"아유, 우리 윤제구나. 윤제야, 이 엄마가 이렇게 살고 싶지는 않았는데……. 내가 저 인간하고 좋아서 사는 줄 아나? 내가 우리 혁제하고 윤제하고……."

엄마가 땅바닥에 퍼질러 앉아서 넋두리를 해 댔다.

윤제는 엄마를 억지로 일으켜 세워서 집에 왔다.

"윤제야, 엄마가……."

"그만해, 됐어. 됐단 말이야!"

엄마가 또다시 말을 꺼내려고 하자 윤제가 화를 내며 소리를 질렀다.

형이 아버지 신발을 벗기더니 팔을 확 끌어다가 벽 쪽으로 밀었다. 아버지 머리가 쿵 하고 벽에 부딪혔다.

"이놈의 자슥이 지 애비를 죽여 뻘려고……."

"에이 씨, 자요, 자!"

혁제가 일어나려는 아버지를 다시 밀어 눕히고 두 손으로 머리를 꽉 눌렀다. 아버지가 뭐라고 소리를 치며 버둥거렸지만, 혁제의 손아귀에 눌린 머리는 끝내 들지 못했다.

윤제는 아버지의 머리를 누르고 있는 혁제의 팔이 벌벌 떨리는 것을 보았다. 윤제는 형의 거친 숨소리에 몸이 떨렸다. 꼭 아버지를 눌러 죽일 것만 같았다.

'형도 나처럼 아버지를 죽이고 싶을 때가 있나 보다!'

윤제는 그동안 집안의 소용돌이 속에서도 묵묵히 공부만 하는 모범생 형이 싫었다. 형이 생각하는 건 뭐든지 자기와 다를 것 같았다. 하지만 오늘 밤 윤제는 형의 모습을 보면서, 어쩌면 형도 자기와 같은 생각을 하고 있을지 모른다는 생각이 들었다.

복부인

장마가 시작되었다.

비가 물동이를 들어붓듯이 쏟아져 내려서 온 동네가 금세
물바다가 되었다.

"이놈의 동네, 마누라 없이는 살아도 장화 없이는 못 살겠
네."

밖에 나갔던 아버지가 흙투성이가 된 바짓가랑이를 털며
투덜거렸다.

마을 입구에 검찰청 담을 쌓으면서 길을 파헤쳐 둔 곳이
있는데 물이 고여서 발목이 푹푹 빠졌다. 사람들이 연탄재
를 모아다가 메워도 쏟아지는 장대비에 금방 푹푹 파여 나

갔다.

집집마다 하수구에서 물이 솟구쳐 부엌 바닥에 물이 흥건했다. 윤제네는 연탄 아궁이까지 물이 차올라 밥그릇으로 연신 퍼내야 했다.

집 안에서 물난리를 겪고 있는데 엎친 데 덮친 격으로 이번에는 밖에서 야단이 났다.

"똥물 넘친다!"

변소 드럼통에 물이 차서 똥물이 골목으로 넘치고 있었다. 사람들이 삽과 괭이를 들고 몰려나와 똥물이 집 쪽으로 흘러들지 않게 땅을 팠다. 동네 사람들이 빗속에서 애를 쓴 덕분에 똥물이 돌아갈 길은 냈지만, 이미 넘친 똥물이 온 동네로 흘러가서 냄새가 진동을 했다. 또 쓰레기 수거차가 들어오지 않는 동네라서 쓰레기를 공터 옆에 모아 놓고 태우는데, 그 타다 만 쓰레기더미까지 비에 떠밀려서 온 동네에 시커멓게 퍼져 나갔다. 그야말로 장마 속의 하우스 동네는 오물 처리장을 방불케 했다.

장마가 지자 아버지는 일을 나가지 못하고 엄마 혼자 새벽부터 밤늦게까지 일을 다녔다. 엄마는 일을 끝내고 집에 올 때 소주를 한 병씩 사다가 찬장 위에 놓아두었다. 그러면 아버지는 하루에도 몇 번씩 슬그머니 부엌에 나가서 깡소주

한 잔을 홀짝 마시고 입맛을 다셨다.

"엄마, 왜 아빠한테 술을 사다 주고 그래?"

"장마 때문에 일도 못 하고 갇혀 있는 게 불쌍하잖나. 술 먹는 재미라도 있게 내삐둬라."

윤제는 도무지 엄마를 이해할 수 없었다.

'칫……. 저러니까 맞고 살지.'

윤제는 엄마가 한심해 보였다. 낚싯바늘을 물었다가 돌아서면 또다시 입을 벌리고 달려드는 물고기들처럼 엄마는 아버지한테 당한 고통을 빨리 잊어버리는 것 같았다. 그러나 윤제는 아버지가 했던 짓이 영화 필름처럼 눈앞에 펼쳐져서 결코 잊을 수가 없었다.

'난 절대로 엄마처럼 멍청한 어른은 되지 않을 거야!'

윤제는 부엌 찬장 위에 얹혀 있는 술병을 보며 마음속으로 다짐했다.

장마는 사람을 따분하게 만들었다. 윤제는 아이들 집에 놀러 가고 싶었지만, 어느 집이나 형편이 비슷하기 때문에 갈 만한 데가 없었다. 형과 함께 빗줄기를 뚫고 가서 빌려 온 만화책을 보는 게 그나마 즐거움이라면 즐거움이었다.

지리한 장마가 수그러들면서 비구름이 걷히기 시작했다. 아버지는 갑갑증에서 벗어나려고 비가 그친 그다음 날부터 일을 나갔다.

장마가 끝나자 동네가 다시 술렁이기 시작했다. 곧 철거가 시작된다는 소문과 함께 낯선 사람들이 하우스를 기웃거리며 돌아다녔다.

"엄마, 못 보던 사람들이 왜 이렇게 많아?"

"복부인들이라고 하더라. 하우스를 사러 다닌다던데."

"복부인?"

"복덕방처럼 집을 사고파는 사람들이래."

"자가용을 타고 다니는 걸 보니 돈 많은 사람들 같던데 왜 하우스를 사려고?"

"지들이 와서 살라고 이런 데 집을 사겠나? 이제 곧 철거가 된다 하니 딱지를 받아서 떼돈을 벌려는 시커먼 심보들이지."

엄마가 설명을 해 주어도 윤제는 이해가 되지 않았다.

"딱지가 뭐야? 따먹는 딱지?"

"그게 아니고 철거가 되면 아파트를 준다는 확인서 같은 건데, 사람들이 딱지라고 그러더라."

동네 사람들이 정말 그 사람들한테 집을 팔고 이사를 가기 시작했다. 호성이네도 이사를 갔다. 어른들은 모여 앉으면 와자지껄 떠들었다.

"호성이네는 오백 받았다더라."

"형욱이네는 육백 받았다더라."

"아이고, 돈 오륙백 받아서는 지하방 한 칸도 못 얻을 텐데 왜 파노?"

그런데 하우스를 산 사람들은 더욱 이상한 일들을 했다. 한 집이 살던 하우스를 판자로 막아서 두세 칸으로 나눴다. 그러니까 집 한 칸이 두세 집으로 둔갑을 하는 것이다. 그렇게 칸을 막아 나눈 방은 꼭 됫박만 했다. 하지만 그것을 산 사람들은 그 됫박만 한 방 안에 이불이며 살림살이를 갖다 두었다. 그러니까 실제로 이사를 와서 사는 게 아니라 사람이 살고 있는 것처럼 가짜로 꾸미는 것이었다. 그래야 철거가 되면 딱지를 받을 수 있고, 그러면 아파트가 한 채 생긴다고 했다.

이렇게 투기꾼들이 방을 쪼개서 돈벌이를 하자 아버지를 비롯한 동네 사람들도 욕심이 생기기 시작했다. 암암리에 쑥덕공론을 하더니 시멘트와 베니어판, 보온 덮개 같은 자재를 사 왔다. 그리고 밤이면 집을 짓기 시작했다. 사람들은 도깨비방망이를 가진 것처럼 신기하게도 하룻밤이면 뚝딱 집을 만들어 냈다. 이렇게 하룻밤에 날림으로 지은 하우스도 잘 팔려 나갔다.

아버지는 아예 낮에는 동네 사람들과 어울려 놀다가 밤이면 집 짓는 일을 하느라 인력 시장에 나가지 않았다. 어두운 밤에만 집을 짓는 것은 구청이나 동사무소의 단속을 피하기 위해서였다. 안 그래도 구청이나 동사무소에서는 하우스 때문에 골치가 아파서 하루라도 빨리 없애려고 하는데 또 하우스를 짓는 걸 보면 당장 때려 부술 게 뻔했다. 아버지와 동네 사람들은 새 하우스를 짓지 않고 이미 만들어져 있는 큰 화원을 통째로 사들여서 그 속에다 칸막이 공사를 하고 바닥에 보일러를 깔아 사람이 살 수 있게 만들었다.

엄마도 어느 날부터인가 빌딩 청소와 식당 일을 집어치우고 복부인이라는 사람들한테 "사모님, 사모님." 하고 굽신거리며 뒤꽁무니를 따라다녔다. 엄마가 하는 일은 그 사람들에게 하우스를 소개하는 일이었다. 한 채에 보통 2백만 원에서 좀 넓으면 5백만 원에까지 팔아넘길 수 있었는데, 그렇게 소개를 해 주면 소개비로 얼마쯤 돈이 들어오기 때문이었다. 엄마는 좀 더 신속하게 일을 하기 위해 집에 전화까지 놓았다.

"네, 걱정하지 않아도 됩니다, 사모님. 그 집에서 괜히 튕겨 보는 거래요. 네 네, 그 선에서 잘라 볼게요."

엄마의 목소리가 참배 맛같이 사근사근했다.

엄마는 빌딩 청소와 식당 일을 해서 벌어 오는 돈보다 하우스를 소개해 주고 받는 돈이 더 쏠쏠하다며, 계속 이렇게만 나간다면 금방 목돈을 쥘 수 있을 거라고 신이 나서 싱글벙글했다.

집을 소개하는 일도 보통 바쁜 일이 아니어서, 엄마는 동에 번쩍 서에 번쩍 했다.

"엄마, 또 어디 가? 배고프단 말야."

"알았다. 자, 이걸로 형이랑 짜장 시켜 먹어라."

윤제가 말만 하면 엄마는 주머니에서 만 원짜리를 쑥쑥 꺼내 주었다. 돈이 생기자 윤제도 신이 났다. 그렇게 먹고 싶었던 짜장면을 곱빼기로 시켜 먹었다. 과자나 아이스크림도 먹고 싶은 만큼 사 먹을 수 있었다.

"야, 내 앞에 줄 서."

윤제는 오락실에 가서 아이들에게 동전을 나눠 주며 인심을 썼다. 이제 태욱이를 대신해서 확실하게 아이들의 대장 노릇을 할 수 있었다. 윤제는 빨리 어른이 되고 싶었다. 어른이 되면 돈을 많이 벌어서 하우스 땅을 몽땅 사고 싶었다. 그래서 아이들에게 동전을 나눠 주듯 집을 지어서 나눠 주고 싶은 마음이 간절했다.

윤제는 엄마한테 조금이라도 돈을 더 타 내려고 거짓말을
하기도 했다.

"엄마, 준비물 사게 돈."

"어제 가져갔잖나?"

"그건 어제 거고 오늘은 다른 거."

엄마는 윤제가 투정을 부리면 무조건 "알았다, 알았다."
하면서 돈을 주었다. 엄마는 집안일을 챙기지 못하는 미안
함을 돈으로 땜질하려는 것 같았다.

요즘 들어서는 윤제네뿐만 아니라 마을 사람들 대부분이
잔칫집 같은 분위기였다. 아저씨들은 공터에 솥을 걸어 놓
고 고기를 삶아 먹고 술을 마셨다. 전에는 비쩍 말라서 비실
거리던 아이들도 배가 볼록 나오도록 군것질을 입에 달고
살았다.

또 한편으로는 하우스가 철거되면 임대 아파트를 얻게 될
거라고 들떠 있었다. 그럴 수밖에 없는 것이 법원이 준공된
데다 검찰청도 하루가 다르게 높아져 가고 있었기 때문이
다. 법원이 세워진 자리도 원래 하우스 동네였는데, 그곳에
살던 사람들이 영구 임대 아파트를 받아서 이사 간 사실도
모두가 알고 있었다. 또 하우스 주위에 여기저기 빌딩 공사
가 한창인 것을 보면 이곳 하우스도 그리 오래가지 않을 거

라는 나름대로의 계산들이 있었다. 비록 남의 땅에다 비닐하우스를 짓고 살지만, 오갈 데 없는 사람들을 무턱대고 내쫓지는 못할 거라는 꿍꿍이속이었다.

"아유, 이 땅 임자가 글쎄 세 살짜리라지 뭐예요. 그것도 갑부 손자라나? 부자들이 벌써 다 알고 이 땅을 사들였대요."

"세 살짜리면 다행이게요. 갓난쟁이 명의로 된 땅도 있다던데요."

사람들은 어디서 소문을 들었는지 모여 앉으면 한 번 만나 본 적도 없는 땅 주인 이야기를 해 댔다.

"저쪽 너머 하우스에는 개인이 빌딩을 짓는다고 한 집당 천만 원씩을 줘서 내보냈대요."

"천만 원이면 뭐 해요? 아파트 한 채 받는 게 낫지!"

동네 사람들은 이제 돈 천만 원도 탐탁해하지 않았다. 오직 나라에서 영세민에게 주는 영구 임대 아파트가 목표였다.

사람들이 집을 팔고 떠나가고 새로운 사람들이 들어오면서 비닐하우스촌의 인심도 예전 같지 않아졌다. 아버지와 몇몇 사람들이 밤중에 감쪽같이 하우스를 지어 놓으면 아침부터 구청에서 철거반을 데리고 나와 때려 부쉈다. 사촌이 땅을 사면 배가 아픈 사람들이 발 빠르게 신고를 한 모양이었다. 화가 난 아버지는 고래고래 소리를 지르며 욕을 했다.

"시벌할 놈들! 누구야? 어느 놈인지 내 손에 걸리기만 해 봐라. 모가지를 확 비틀어 버릴 테니까."

아버지가 아무리 동네 가운데 서서 소리를 쳐도 숨어서 신고하는 사람을 당해 낼 재간이 없었다. 결국 아버지는 하우스를 지어 파는 일을 그만두었다.

"윤제 형, 법원 앞에 철거반이 와서 난리가 났대."

윤제가 학교에 갔다 오는데 인섭이와 경우가 뛰어오며 소리쳤다. 그러지 않아도 동네에 들어서니 법원 쪽에서 확성기 소리가 시끄럽게 들려와 이상하다 싶었다. 동네 사람들이 법원 쪽으로 뛰어가고 있었다. 윤제도 가방을 멘 채 아이들과 함께 뛰었다.

"절대, 감정으로 몸싸움을 하면 안 됩니다. 폭력은 안 됩니다."

시민 단체 사람들이 뛰어가는 사람들을 막아서며 외쳤다. 법원 앞은 벌써 아수라장이었다. 노란 모자를 쓴 철거반이 한쪽에서는 살림살이를 들어내고 다른 쪽에서는 망치로 하우스를 부수고 있었다. 이미 하우스 몇 동이 무너지고 뜯겨서 바닥에 널브러져 있었다.

사람들이 철거반에게 달려들었다. 하우스 사람들보다 철거반이 훨씬 많았다. 사람들이 서로 엉키고 끌어 내리고 밟혀서 비명을 질렀다.

윤제는 어떻게 해야 할지 몰라서 가슴을 누르며 그 자리에 못 박힌 듯 서 있었다. 머리가 하얗게 센 어떤 할머니가 다리를 뻗고 앉아서 땅바닥을 치며 울었다. 어떤 남자는 머리에 피를 흘리며 뛰어갔다.

휘리릭 ― 휘리릭 ―

호루라기 소리와 함께 방석모로 얼굴을 가린 경찰들이 방패를 들고 나타났다.

"물러나세요. 즉각 철수하세요."

확성기 소리가 들리자 철거반은 뒤로 물러났고 그 가운데를 경찰들이 막아섰다. 흥분한 사람들은 각목을 들고 경찰들을 내리치며 악을 썼다. 그사이에 철거반은 트럭에 올라탔다.

"야, 우리도 공격하자!"

그제야 정신이 든 윤제가 아이들에게 소리쳤다. 윤제와 아이들은 법원 담 옆으로 기어 올라가서 철거반이 타고 있는 트럭을 향해 돌을 던졌다. 경찰들이 호루라기를 불며 쫓아왔다. 아이들은 꽁지 빠져라 도망을 쳤다.

철거반이 떠나자 경찰들도 버스를 타고 사라졌다. 집을 뜯긴 사람들은 그 자리에 주저앉아 울기도 하고, 흩어진 세간살이를 주워 모으기도 했다.

"야, 인제 가자."

얼굴이 발개져서 옆으로 모여드는 아이들을 보고 윤제가 말했다.

그때였다. 뜯긴 하우스 옆에 낯익은 얼굴이 보였다. 청바지에 분홍색 티셔츠를 입고 쪼그려 앉아서 울고 있는 아이는 분명히 혜미였다. 정혜미. 그 아이는 윤제네 반 부반장이었다. 윤제는 깜짝 놀랐다. 학교에서 너무나 똑똑하고 당당해서 부잣집 딸, 재수 없는 계집애라고 생각했던 아이였다.

'혜미도 하우스 동네에 살고 있었다니!'

윤제는 이 새로운 사실에 흥분되었다. 심장이 쿵쿵 뛰었다. 마음 같아서는 울고 있는 혜미에게 뛰어가고 싶었지만 용기가 나지 않았다. 윤제는 집으로 돌아오면서도 자꾸만 뒤를 돌아보았다. 혜미의 분홍색 티셔츠가 계속 눈에 밟혔다.

비밀

"젠장, 없는 놈들이 벌어야 먹고살지. 데모한다고 그놈들이 눈 하나 깜빡할 줄 아나?"

아버지는 하우스 철거 반대 시위에 의무적으로 한 집에 한 명씩 참석해야 한다는 말에 역정을 냈다. 그러다가 참석하지 않으면 벌금을 물린다는 말에 하는 수 없이 사람들을 따라갔다.

윤제는 학교에 가면서도 자꾸 어제 본 혜미의 얼굴이 떠올랐다. 전학 온 뒤로 혜미하고 같은 분단이나 같은 모둠이 된 적은 없었다. 그래도 혜미의 그 해사한 얼굴과 고급스러운 옷차림을 보면 틀림없이 부잣집 아이일 거라고 확신했다. 뭐라고 설명할 수는 없지만, 윤제에게 부잣집 아이 하면 어쩐지 건방지고 잘난 체하는 재수 없는 인간이었다.

그러나 어제 철거 현장에서 울고 있는 혜미를 본 뒤로 윤제는 뭔가 혜미와 같은 비밀을 은밀히 나눠 가진 것 같기도 했고, 어쩌면 혜미에게 자신의 도움이나 보호가 필요할지도 모른다는 엉뚱한 생각이 들기도 했다.

아침부터 햇살이 따가웠지만 윤제는 부지런히 걸었다. 왠지 혜미보다 일찍 학교에 가서 혜미를 기다려야 할 것 같았다. 어제 그 난리를 겪고 오늘 혜미가 학교에 올 수 있을지 걱정이었다.

교실에 앉아서도 신경이 온통 앞뒤 교실 문에 쏠렸다. 수업 시작할 시간이 다 되었는데도 혜미는 오지 않았다. 윤제는 고개를 한껏 빼서 운동장을 내다보며 마음을 졸였다. 선생님이 들어와서 출석을 부르기 시작했다. 그때 뒷문이 열리면서 혜미가 들어왔다. 윤제는 혜미를 보자 안도의 한숨이 나왔다. 혜미는 눈두덩이 조금 부은 듯했지만 방글거리는 모습은 평소와 똑같았다.

'내가 잘못 봤나?'

혜미는 여느 날과 다름없이 밝은 모습으로 아이들과 호호거렸다. 아무리 생각해도 어제 꽃마을 하우스에서 울고 있던 아이 같지가 않았다. 윤제의 시선은 줄곧 혜미를 쫓아다니며 흘끔거렸다.

혜미에게 말을 걸어 보고 싶었다. 그러나 결국 공부가 끝날 때까지 눈길 한 번 마주치지 못하고 교실을 나올 수밖에 없었다.

'어, 혜미다!'

윤제가 어깨를 축 늘어뜨리고 문방구 앞까지 걸어 나왔을 때 앞에서 혜미가 뛰어가고 있었다. 윤제는 혜미의 뒷모습을 바라보며 자기가 혜미의 비밀을 지켜 주고 있다는 생각에 가슴이 뿌듯했다.

"혜미야!"

바로 그때 혜미를 부르며 헐레벌떡 뛰어온 아이는 다름 아닌 태욱이였다. 혜미는 태욱이가 뛰어오자 활짝 웃으며 태욱이와 나란히 횡단보도를 건넜다.

'저 자식이!'

윤제는 그동안 보이지 않던 태욱이가 갑자기 학교 앞에 나타나서 혜미를 데리고 가자 깜짝 놀라 그 자리에 그대로 멈춰 섰다.

'저 자식이 혜미랑 사귀나?'

몹시 궁금했지만 그렇다고 쫓아가서 물어볼 수도 없는 노릇이었다. 혼자 터덜터덜 걸어가면서 생각해 보니 손에 든 보물을 바로 코앞에서 빼앗긴 것처럼 마음이 허전했다.

"야, 주머니에 돌멩이 채워."

집으로 돌아온 윤제는 아이들을 몰고 어른들이 시위하는 곳에 가 봐야겠다고 생각했다. 어제 철거 현장에서 멍청하게 서 있다가 겨우 돌멩이 몇 개 던지고 도망친 일이 생각나서 오늘은 뭔가 제대로 싸워 보고 싶었다. 윤제가 앞장을 서서 걸었다.

"대책 없는 철거에 빈민들은 죽는다!"

"대책 없는 철거에 빈민들은 죽는다!"

"우리도 살고 싶다! 생존권을 보장하라!"

"우리도 살고 싶다! 생존권을 보장하라!"

장미꽃이 담을 둘러 활짝 핀 구청 마당에 사람들이 빽빽이 앉아 있었다. 머리에 붉은 띠를 두른 사람이 앞에 서서 주먹을 높이 쳐들며 구호를 외치면 앉아 있는 사람들이 따라서 했다. 또 앞에 선 사람이 노래를 부르면 사람들도 따라서 주먹 쥔 손을 올렸다 내렸다 하면서 노래를 불렀다. 윤제는 어리둥절했다. 데모를 하면 치고받으며 구청을 박살 내는 줄 알았는데.

"이놈아, 집에서 공부하지 뭐 하러 여기까지 왔나. 얼렁 집에 가라!"

아이들과 함께 주위를 빙빙 돌고 있는 윤제를 보고 아버지가 눈을 부라리며 소리를 질렀다. 그러잖아도 사람들이 싸울 기미가 보이지 않자 시시한 생각이 들어서 아이들을 데리고 다시 돌아가려던 참이었다. 멋지게 한판 붙어 보리라 나름대로 다짐을 하고 왔던 아이들이 그냥 돌아서기가 아쉬운지 주머니에 든 돌을 꺼내서 주차장 쪽으로 던졌다.

"이놈들!"

언제 봤는지 주차원이 쫓아 나왔다. 아이들은 구청을 빠져나와 꽃마을까지 달음질을 했다.

공터에 도착한 윤제는 혹시나 혜미를 또 만날 수 있을지도 모른다는 생각에 혼자서 법원 앞으로 갔다. 법원 앞은 흩어져 있던 살림살이를 한군데 모아 둔 것 말고는 어제와 별로 달라진 게 없었다. 어제 혜미가 앉았던 곳에 가 보았지만 혜미의 흔적은 찾아볼 수 없었다. 윤제는 하릴없이 나무 꼬챙이로 여기저기를 헤집으며 돌았다. 동네를 한참 에돌아가면서도 혜미가 있을 것 같아 자꾸만 뒤를 돌아보았다.

태욱이가 다시 공터에 나타났다.

"이젠 내가 배달 안 해도 돼. 엄마 가게가 잘돼서 배달꾼을 쓰기로 했거든."

태욱이는 동네에 돌아온 이유를 그렇게 말했지만, 윤제가 엄마에게 들은 이야기는 달랐다.

"집이 철거된다 어쩐다 하니까 갸네 엄마도 불안해서 집 보라고 들여보낸 거지. 철거반이 들이닥쳐도 뭔 사람이 있어야 연락을 할 거 아니냐."

누구 말이 맞는지는 모르지만 어쨌든 태욱이가 다시 나타난 것은 윤제에게 결코 반가운 일이 아니었다. 태욱이는 주소가 봉천동으로 되어 있어서 그쪽에 있는 학교에 다녔기 때문에 그동안 공터에서 놀 때를 빼고는 동네에서 볼 수 없었다. 이 동네에는 태욱이 말고도 주소 때문에 먼 곳까지 학교에 다니는 아이들이 많았다. 어른들도 주소 때문에 종종 안타까운 일을 당했다. 며칠 전에 대현이 엄마는 시골에 있는 친정아버지가 돌아가셨는데도 연락받을 주소가 없어서 알지 못했다고 울음을 터뜨렸다.

태욱이가 돌아오자 아이들은 윤제 눈치를 슬슬 보더니 태욱이에게로 다시 돌아갔다. 그동안 아낌없이 인심을 썼는데 아이들이 의리 없이 태욱이에게로 돌아가자 윤제는 속이 몹시 상했다. 그러나 당장 어쩔 수 없는 일이고, 언젠가는 태욱이와 한판 붙어서 승부를 가릴 수밖에 없다고 생각했다.

이런저런 생각을 하면서 집으로 돌아오는데 뒤에서 태욱이가 불렀다. 고개를 돌려 보니 혜미도 있었다. 혜미의 까만 머릿결이 햇빛을 받아 유난히 반짝거렸다.

"안녕!"

혜미가 손을 펴서 살짝 흔들며 웃었다.

"참, 너네 같은 학교잖아?"

태욱이가 새로운 사실을 기억해 냈다는 듯 눈을 동그랗게 뜨고 혜미와 윤제를 번갈아 보았다.

"응, 같은 학교 같은 반이야. 그런데 난 애랑 별로 얘기해 본 적이 없어서 잘 몰라."

혜미가 태욱이를 보면서 생긋 웃었다.

"혜미야, 애 주먹도 세고 괜찮은 애야. 물론 내 꼬붕이고."

태욱이가 자기 부하라는 뜻으로 새끼손가락을 세워 보였다. 윤제는 태욱이의 말투가 몹시 거슬렸지만 혜미 앞에서 싸우고 싶은 마음은 없었다.

"안녕!"

혜미가 또다시 손을 살짝 흔들며 윤제 옆을 스쳐 지나갔다. 윤제는 얼굴이 달아올랐다. 멀어져 가는 태욱이와 혜미의 깔깔거리는 소리가 귓가에 들렸다. 그 웃음소리는 틀림없이 자기를 비웃는 것 같았다.

'나쁜 자식!'

윤제는 땅바닥을 발로 찼다. 태욱이의 건방진 태도와 혜미 앞에서 멍청하게 서 있던 자기 모습에 화가 났다. 그리고 몇 번이나 혜미를 찾아 법원 앞 하우스까지 갔는데 혜미가 그런 사실도 모르고 있다는 생각을 하니 속에서 알싸한 아픔이 번져 갔다.

"야 메뚜기, 너 혜미 알아? 정혜미 말이야."

윤제가 자기를 보고 따라온 기철이에게 물었다.

"혜미?"

"그래, 정혜미. 우리 반 부반장."

"몰라."

"혜미가 지금 태욱이하고 같이 가는 거 봤거든. 너 혜미가 어디 사는지 알아볼 수 있어?"

"어떻게?"

"야 인마, 그걸 알면 왜 너한테 시키겠냐? 그리고 내가 혜미 얘기 했다는 말 절대 하면 안 돼. 알았어?"

윤제 말에 기철이가 입을 헤벌리며 말했다.

"알았어. 나 내일 아침에 너네 집에 일찍 갈게."

"메뚜기, 넌 우리 형한테 욕먹는 게 지겹지도 않냐?"

윤제는 한심하다는 듯 기철이를 바라보았다. 그래도 기철이는 입을 헤벌쭉거렸다. 윤제는 집에 와서도 혹시나 혜미를 만날 수 있을까 하는 막연한 기대에 골목을 돌아다녔다.

'왜 내가 그깟 지지바 때문에 이러지?'

정말 이런 마음은 처음이었다. 스스로 생각해 봐도 참 이상하다. 혜미의 해사한 얼굴이 자꾸만 눈앞에 떠오르고, 무엇을 해도 생각의 꼬리들은 혜미에게로 이어진다. 왜 혜미에 대한 것들이 이처럼 궁금한지 알 수가 없었다.

화장실

불을 끄고 식구들이 잠자리에 누웠는데 밖에서 고양이 울음소리가 들려왔다.

"밤마다 쥐 새끼가 달가닥거려서 잠을 잘 수가 없어요."

"쥐 새끼들이 하수구를 따라 돌면서 사는가 보네."

윤제는 며칠 전에 지희 엄마가 고양이를 안고 오면서 엄마랑 주고받던 말이 생각났다. 정말 하우스의 쥐들은 유별났다. 하수 구멍을 꼭 틀어막아도 귀신같이 뚫고 올라왔다. 윤제는 오늘 낮에도 해골처럼 눈이 푹 파인 지희 아버지가 부엌에 나와서 고양이에게 밥 주는 걸 보았다. 하얀 바탕에 얼룩무늬가 있는 고양이었다.

"저놈의 고양이가 왜 저리 우나. 암내를 피우나?"

엄마의 불퉁거리는 소리가 끝나기도 전에 옆방에서 숨죽인 울음소리가 들려왔다. 아무래도 지희 아버지 상태가 좋지 않은 모양이다. 내일 재수술을 받으러 가는데, 암이 다른 곳으로 퍼지지 않았으면 다행이지만 만약에 다른 곳으로 퍼졌다면 생명이 위험할 수도 있다고 했다. 윤제는 문득 하우스 사람들이 모두 한집 식구 같다는 생각이 들었다. 이렇게 누워서도 옆집 소리를 다 들을 수 있기 때문이다.

"지희 아빠 나이가 아까워서 어쩌나! 저리 불쌍케 살다 가면……."

"어허, 여편네가 재수바리 없는 소리는……."

엄마의 말에 아버지가 화를 냈다.

윤제는 가만히 누워서 숨을 딱 멈추고 눈을 꼭 감았다.

'만약 지희 아빠가 죽으면 이렇게 꼼짝도 하지 않고 땅속에서…….'

사람이 죽어서 캄캄한 땅속에 묻혀 있고 벌레들이 고물거리며 살점을 파먹는 상상을 하니 진저리가 쳐졌다.

"아이쿠, 깜짝이야! 누, 누구세요?"

새벽에 문을 열던 엄마가 놀라서 소리쳤다. 가만히 보니 끝네 할머니였다. 끝네 할머니는 고양이를 품에 안고 지희네 문 앞에서 웅크리고 있었다. 언제부터 앉아 있었는지 할머니의 하얀 머리카락이 함초롬히 젖어 있었다.

"아이고 끝네 할머니, 비 오는데 왜 이러고 있소."

엄마가 할머니를 일으키자 할머니는 눈물이 글썽해져서 지희네 문을 가리켰다.

"할머니, 배고프면 밥 드릴까?"

엄마가 다가서며 물었지만 할머니는 고개를 저으며 손으로 고양이 머리만 쓰다듬었다.

"할머니, 일어나서 집에 가요. 여 앉아 있으면 감기 드요."

엄마가 다시 한번 할머니를 일으켰지만, 할머니는 엄마손을 뿌리치고 그대로 앉아서 중얼거렸다.

"빨갱이를 때려잡아야 해. 빨갱이를 때려잡아. 빨갱이를 때려……."

할머니의 중얼거림에 맞춰 고양이가 혀를 길게 내빼고 하품을 했다.

아침 일찍 지희 아버지는 병원에 갔고, 지희 외할머니가 와서 지희를 데리고 갔다.

그날 저녁부터 고양이의 울음소리는 들리지 않았다.

"끝네 할머니가 데리고 간 게 틀림없다. 모르지, 할머니가 고양이 말은 알아듣는지."

윤제는 엄마 말을 듣고 호기심이 일었다. 끝네 할머니가 고양이와 함께 어떻게 사는지 궁금해지기 시작했다. 기철이를 불러서 끝네 할머니 집에 갔다.

"니가 문 열어 봐."

윤제가 기철이를 앞으로 밀었다.

기철이가 부엌문을 잡아당겼다. 문이 열리자 안에서 눅눅한 냄새가 확 풍겼다. 불을 때지 않고 사는지 부엌에는 연탄 아궁이도 없고 바닥은 시멘트도 바르지 않은 맨땅이었다.

"야옹."

기철이가 방문을 열자 고양이가 고개를 쑥 내밀었다. 윤제와 기철이는 기겁을 하고 밖으로 뛰어나왔다. 뒤로 돌아 창문 쪽으로 살금살금 다가가서 방 안을 들여다보았다. 끝네 할머니가 고양이를 아기처럼 가슴에 꼭 안고 서성이고 있었다. 윤제는 고양이의 노란 눈빛과 마주치자 오싹했다. 그러나 고양이를 안고 눈을 살포시 감은 끝네 할머니의 모습은 무척 평화로워 보였다.

지희 아버지가 재수술도 받지 못하고 집에 온 지 꼭 보름 만에 죽었다. 아버지가 죽은 것도 모르고 아이들과 고무줄 놀이를 하는 지희를 보니 윤제는 측은한 생각이 들었다.

"지희야."

"왜, 윤제 오빠?"

윤제는 할 말도 없으면서 괜히 지희를 불렀다. 지희가 눈을 동그랗게 뜨고 윤제를 올려다보았다. 올해 초등학교 1학년인 지희는 슬픔을 모르는 아이처럼 방긋 웃었다.

"아니야."

윤제는 슬그머니 돌아서며 하늘을 올려다보았다.

'사람이 죽으면 땅에 묻는데 왜 죽은 사람을 생각할 때는 하늘을 쳐다볼까?'

윤제는 지희 아버지의 죽음을 직접 보지는 못했지만 이처럼 가까이에 살던 사람이 죽은 건 처음이라 실감이 나지 않았다. 지희 아버지의 모습이 눈앞에 생생하게 떠올랐다.

동네 사람들이 지희 아버지의 장례를 치르기 위해서 돈을 거뒀다. 사람들과 함께 화장터에 갔다 온 아버지는 혼자서 술을 마시며 눈물을 줄줄 흘렸다.

"그렇게 불쌍한 인간이 어데 있나? 하우스 구석에서 앓다가 치료도 제대로 못 받고 죽어 삐리다니……."

'아빠한테도 저런 눈물이 다 있었나?'

윤제는 아버지 눈가에 흐르는 눈물을 보며 가슴이 뻑뻑해 왔다. 아버지가 이처럼 슬피 우는 건 처음 보았다.

지희 아버지 장례를 치르고 나서 윤제네 식구들은 한동안 침울했다. 부엌에 앉아서 바깥을 내다보며 고양이를 부르던 지희 아버지의 모습이 생각났고, 밤마다 지희 엄마의 숨죽인 울음소리가 들려왔다.

"여보, 지희 아버지 가고 나서부터는 이 골목에 들어오면 섬뜩해요. 우리도 어지간하면 좀 옮겨 앉았으면……."

"지하방 한 칸도 돈 천은 있어야 하는데 무슨 수로. 버팅길 때까지 버팅겨 봐야지."

엄마는 사글셋방이라도 얻어서 이사를 가자고 했다. 하지만 아버지는 꿈쩍도 하지 않았다. 아버지는 엄마한테 돈을 맡기지 않았다. 강원도에 있을 때 엄마가 돈 관리를 잘못해서 집안 꼴이 이 지경이 됐다고 생각하기 때문이다. 엄마도 죄밑이 있어서 돈을 벌어 아버지에게 갖다주고 생활비를 타 쓰면서도 불평하지 못했다. 아버지는 방바닥 장판 밑에 통장을 넣어 두고 아무리 술에 취해도 통장 확인만큼은 꼭 했다. 아버지는 얼마나 인색한지 형이 학원에 다니는 것도 못마땅해했다.

"이러다가 철거라도 당하면 돈이 있어야 옮겨 앉을 거 아니냐. 학교에 가서 배우면 됐지 뭔 학원은……."

"그러는 당신은 술값이 안 아깝소? 술 마실 돈은 있고, 아가르칠 돈은 쥐고 있으니."

엄마와 아버지는 형 학원비 때문에 자주 다투었다.

윤제도 호성이네처럼 주택으로 이사를 가고 싶었다. 호성이네가 이사한 집은 비록 대낮에도 불을 켜야 하는 지하이지만 밖에서 보면 그래도 번듯한 빌라였다.

윤제가 무엇보다 부러운 건 호성이네 화장실이었다. 물론 화장실은 호성이네가 사는 지하에 있는 게 아니고 1층 계단을 올라가야 있다. 마당 담 옆에 붙어 있는 이 화장실은 지하방에 사는 사람들과 경비 아저씨가 쓰려고 만든 것인데, 경비 아저씨가 날마다 청소를 하기 때문에 깨끗했다. 또 벽 위쪽에 물통이 달려 있어서 끈을 잡아당기면 물이 내려와 하얀 변기에 콸콸 쏟아졌다. 윤제는 집에 오는 길에 호성이네 화장실에 들러서 볼일을 보고 오는 날이 많았다. 호성이 엄마가 낮에는 일하러 나가고 없기 때문에 호성이네 방에 가방을 내려놓고 느긋하게 화장실로 갈 수 있었다.

그런데 난처한 일이 생겼다. 호성이네 집에서 몇 번 놀다 간 하우스 동네 아이들이 좋은 화장실 맛을 알아 버린 것이었다. 호성이네 집이 하우스 동네로 내려가는 길가에 있기도 했지만, 다른 아이들도 평소 화장실 때문에 고역을 당하기는 마찬가지여서 모두 윤제와 같은 생각을 한 것이다.

아이들이 드나드는 횟수가 잦아지자 결국 경비 아저씨가 눈치를 챘다.

"야, 너도 지하에 사는 아이냐?"

"예에?"

"똥을 누려면 똑바로 앉아서 눠야지. 똥구녕이 삐뚤어졌나, 왜 자꾸 바깥에다 내깔겨!"

깜짝 놀라 서 있는 윤제에게 경비 아저씨가 냅다 소리를 질렀다.

"내가 안 그랬어요."

"너네들이 안 그러면 누가 그래? 전에는 안 그랬는데 요즘은 아침저녁으로 청소를 해도 똥 천지잖아!"

경비 아저씨가 잔뜩 얼굴을 찌푸리며 역정을 냈다.

윤제는 경비 아저씨가 위층 사람들이 지나가면 고개를 숙여 인사를 하고, 지하방에 사는 사람들이 지나다닐 때는 빤히 내다보기만 한다던 호성이의 말이 생각나서 아저씨를 쓱 째려보았다.

다음 날, 윤제는 더 이상 경비 아저씨의 눈치를 보기 싫어서 그냥 집으로 가려고 했는데 호성이네 집이 가까워지자 배에서 살살 기별이 오기 시작했다. 그때 함께 가던 인섭이와 경우가 먼저 지하로 내달리며 소리를 쳤다.

"우리 똥 누고 가자."

윤제가 아이들을 제치고 먼저 화장실에 다녀왔다. 그리고 인섭이, 경우가 차례로 갔다.

"이놈들아, 빨리 나와 똥 치워!"

일이 터지고 말았다. 경우가 미처 방에 발을 들여놓기도 전에 경비 아저씨가 방문을 열어젖히고 소리를 질렀다. 아이들이 깜짝 놀라서 쳐다보자 경비 아저씨는 경우의 목덜미를 잡아끌고 올라갔다.

"봐라, 이래도 아니야? 네가 방금 싸고 갔잖아."

변기 옆에 밤톨만 한 똥덩이가 떨어져 있었다. 경비 아저씨가 화장실 문을 열어젖히고 경우를 억지로 밀어 넣자 경우가 질금질금 울기 시작했다.

"내 더러워서 이 일도 못 해 먹겠구먼!"

경우가 울자 경비 아저씨가 목덜미를 놓아주면서 침을 탁 뱉고는 겁에 질려 서 있는 호성이와 윤제를 쏘아봤다.

그 순간 윤제의 입안에 쓴 약을 먹었을 때처럼 쓰디쓴 침이 가득 고였다. 윤제도 침을 탁 뱉으며 경비 아저씨를 노려 봤다.

'아유 씨, 치사하게……. 똥도 마음대로 못 싸고.'

윤제는 집으로 돌아오면서 다시는 호성이네 집도, 화장실도 부러워하지 않겠다고 다짐했다.

　기철이가 윤제의 똘마니 노릇을 톡톡히 해냈다. 혜미가 태욱이네 집에 산다는 걸 듣고 기철이는 무조건 태욱이네 집으로 쳐들어갔고, 그렇게 혜미가 태욱이네 집에서 산다는 걸 알아 온 것이다.

　"혜미가 태욱이 엄마보고 큰엄마라고 하던데."

　"큰엄마?"

　"응, 내가 혜미더러 왜 태욱이네 집에 있냐니까 '우리 큰엄마 집이다, 왜!' 그러던데?"

　"그럼 뭐야? 혜미랑 태욱이랑 친척이란 말야?"

　"나도 잘 몰라."

　윤제는 기철이의 말을 듣고 일단 안심이 되었다. 태욱이하고 혜미가 서로 사귀는 줄 알았는데 친척이라니 별것 아니라는 생각이 들었다. 그리고 자기가 괜히 오해한 게 부끄럽기도 했다.

　요즘 윤제는 아침마다 기철이가 기다리고 서 있는 것도 아랑곳하지 않고 거울 앞에서 시간을 보냈다. 머리를 이쪽 저쪽으로 넘겨 봤다가 무스를 발라 올려도 보았다. 그러다가 기철이가 채근하면 다시 제자리로 쓱쓱 빗어 내렸다.

결국 자신이 없어서 헤어스타일로 이미지 변신은 못 했지만, 자세히 보면 달라진 게 한두 가지가 아니었다. 좀 크다 싶은 형의 점퍼나 티셔츠를 빌려서 바꿔 입고 운동화는 깨끗이 빨아서 신었다. 무엇보다도 밤에 잘 때는 코에다 빨래집게를 집어 놓는 걸 잊지 않았다. 약간 위로 치켜 올라간 눈꼬리는 어쩔 수 없다 해도 펑퍼짐하게 퍼진 콧등이 자기 얼굴에서 가장 불만이었다.

이런 윤제의 노력을 혜미가 알 턱이 없었다. 혜미는 어쩌다 윤제의 꽂히는 듯한 시선을 느낄 때면 오히려 기분 나쁜 듯 고개를 홱 돌렸다. 윤제는 학교를 오가는 길에 혹시 혜미를 만날 수 있을까 하고 빨리도 가 보고 천천히도 가 보았지만, 혜미는 좀처럼 눈에 띄지 않았다. 그렇다고 집에 올 때 치사하게 혜미 뒤를 밟을 수도 없는 일이어서 속으로 애만 태웠다. 아무리 그렇더라도 같은 동네에 산다면 한 번쯤은 마주칠 법도 한데 그림자도 볼 수 없으니 참 답답한 노릇이었다.

금요일 5교시 시작종이 울릴 때였다. 혜미가 윤제 책상 위에 종이쪽지를 슬쩍 놓고 지나갔다.

'김윤제, 오늘 저녁 여섯 시에 공터에서 만나. 할 얘기가 있어.'

새침데기 혜미가 이제야 자기 마음을 알아준 거라고 생각하니 윤제는 무척 기뻤다.

'혜미를 만나서 무슨 얘기를 할까? 하우스가 철거될 때 봤다고 할까 아니면 태욱이네 집에서 계속 살 거냐고 물어볼까?'

윤제는 마음이 들떠서 별의별 상상을 다 했다.

오늘따라 시간이 왜 이렇게 안 가는지 답답하기만 했다. 공터에서 아이들과 놀아도 재미가 없고, 방에 누워도 시계에만 눈이 갔다.

저녁 6시. 윤제는 콩닥거리는 가슴을 진정시키며 공터로 나갔다.

'아니, 저 새끼가?'

공터에는 혜미가 아니라 태욱이가 나타났다. 윤제는 기분이 몹시 상했다. 저녁때라 공터에는 아이들이 많았는데, 태욱이가 나타나자 아이들이 태욱이한테로 몰려갔다.

"야 김윤제, 혜미가 너한테 부탁할 게 있다고 대신 전하래."

태욱이가 먼저 입을 열었다.

"김윤제, 혜미 우리 집에 사는 거 알지? 기철이한테 다 들었을 거 아냐. 혜미가 우리 집에 산다는 말 아무한테도 하지

마. 걘 그 소문이 날까 봐 집에 오면 꼼짝도 못 하고 방에만 틀어박혀 있으니까."

"싫어!"

김이 팍 샜다. 혜미를 만난다는 기대감에 가슴이 풍선처럼 부풀어 올랐는데 태욱이가 대신 나타나 기껏 한다는 소리가 입조심하라니!

"뭐? 싫어?"

태욱이가 윤제의 멱살을 잡았다.

"그래 싫다, 이 새끼야. 뭐, 내가 니 꼬붕이라고?"

윤제의 마음속에 쌓여 있던 분노가 한꺼번에 치밀어 올랐다. 혜미를 좋아하고 혜미 눈에 띄어 보려고 노력했던 일이 말할 수 없는 모멸감으로 다가왔다.

'이건 배신이야, 배신!'

윤제는 태욱이의 턱을 주먹으로 갈겼다. 당황한 태욱이도 윤제를 향해서 주먹을 날렸다.

"야, 싸운다! 싸운다!"

아이들 소리가 귓가에 울렸다. 그 소리를 듣자 윤제는 더욱 끓어오르는 분노를 억제할 수가 없었다.

'치사한 간신배 새끼들!'

윤제는 정신없이 주먹을 휘두르고 발길질을 해 댔다. 그러나 태욱이는 역시 윤제보다 한 수 위였다. 태욱이는 자기 밑에 깔린 윤제를 향해 사정없이 주먹을 내리쳤다.

"네가 감히 나한테 덤벼? 봐주려고 했더니, 너 오늘 나한테 죽었어."

아이들은 모두 숨을 죽이고 서 있었다. 윤제 입속에서 찝찔한 피 맛이 돌았다.

"야, 싸우지 마. 태욱이 이 개새끼야, 윤제 때리지 마!"

기철이가 징징 울면서 태욱이 머리통을 뒤에서 잡고 흔들었다.

"이 메뚜기 새끼가? 야 조인섭, 이 새끼 갈겨 버려!"

태욱이가 소리쳤다.

"야…… 악."

기철이가 인섭이에게 끌려가며 큰 소리로 울었다. 윤제는 이를 악다물고 다시 태욱이를 밀치고 일어났다. 그리고 옆에 있는 돌을 집어 들었다.

"악!"

윤제가 태욱이에게 돌을 들고 달려들자 기철이가 비명을 질렀다. 윤제가 태욱이를 향해 던진 돌이 하우스 벽에 맞고 하수구에 푹 박혔다.

"야, 이 새끼 잡아."

태욱이의 명령에 아이들이 달려들어 윤제를 양쪽에서 꽉 잡았다.

"너 오늘 잘못 걸렸어."

아이들이 윤제의 양쪽 팔을 잡자 태욱이는 더욱 거칠게 윤제를 때렸다. 꼼짝 못 하게 된 윤제는 발길질만 해 댔다. 윤제 코에서 피가 흘러내렸다.

"빨갱이를 때려잡아. 빨갱이를 때려잡아."

끝네 할머니가 공터로 뛰어오며 소리를 질렀다. 그 뒤를 고양이가 쫓아왔다.

"야, 귀신이다!"

아이들이 한쪽으로 몰리며 달아났다.

요즘 동네에는 끝네 할머니가 귀신이라는 소문이 나돌았다. 엄마가 동네 사람들에게 끝네 할머니가 새벽에 지희네 문 앞에 앉아서 울더라는 얘기를 했고, 그 말을 들은 사람들은 끝네 할머니가 지희 아버지가 죽을 걸 미리 안 것 같다고 했다. 이야기는 꼬리에 꼬리를 물고 덧붙여져서 마침내 끝네 할머니가 귀신이라는 소문까지 났다. 그런 소문이 나고부터 끝네 할머니를 놀려 대던 아이들이 할머니를 보면 귀신이 붙는다고 달아났다.

아이들이 사라지자 태욱이가 윤제를 한번 쓱 훑어보더니

천천히 돌아서 걸어갔다. 윤제는 그 자리에 주저앉았다.

"윤제야, 괜찮아? 아이 씨, 태욱이 그 존나 새끼!"

기철이가 소매 끝으로 눈물을 닦으며 윤제를 일으켰다.

"놔, 인마."

윤제는 자신의 모습이 초라하게 느껴졌다. 이렇게 형편 없이 깨질 줄은 정말 몰랐다. 역시 서울은 서울이고 텃세는 무서웠다. 같이 놀던 놈들이 이토록 완벽하게 태욱이 편일 줄은 몰랐다. 윤제는 어금니를 꼭 깨물었다.

'나쁜 지지바!'

혜미를 욕하며 돌아서는 윤제의 두 눈에 눈물이 핑그르르 돌았다.

골목길

"이 빙신 같은 놈이 하우스 바닥에 사는 것도 서러운데 아 새끼들한테 조 터지고 다녀! 꼴도 보기 싫다, 이놈아. 당장 나가서 그놈아들 패 조지고 와. 이놈의 자슥아야, 공부를 못 하면 싸움질이라도 잘해야지, 이 멍청이 같은 놈아!"

아버지가 윤제의 부어오른 눈두덩과 터진 입술을 보더니 신발짝을 던지며 고래고래 소리를 질렀다.

"야, 누가 그랬나 말해 봐!"

혁제가 물었다. 윤제는 말할 수 없었다. 태욱이를 건들면 보복당한다고 하던 호성이의 말이 생각났기 때문이다.

윤제는 아버지가 잠들기를 기다리며 집 주위를 서성거

리다가 엄마가 일하는 식당 쪽으로 발걸음을 옮겼다. 길 건너편에 서서 눈길로 엄마를 찾았다. 엄마는 손님상에 음식을 갖다 놓는 모양인지 쟁반을 들고 다녔다. 뛰어가서 엄마를 부르고 싶었지만, 자기 몰골을 보고 깜짝 놀랄 엄마를 생각하니 자신이 없었다. 다시 골목을 터벅거리고 내려오다가 어린이 놀이터 옆 의자에 앉았다. 눈두덩이 더 부어오르는지 눈이 잘 안 떠지고 뻐근했다.

"야!"

그때 스쿠터 소리가 나더니 누가 윤제의 어깨를 탁 쳤다.

"어, 너 얼굴이 왜 그래?"

고등학생쯤 돼 보이는 아이가 한 손에 짜장면 배달 통을 들고 스쿠터에 앉은 채로 물었다.

"너네 집에도 도깨비 있냐? 와, 얼굴에 피딱지가 아주 말라붙었네, 붙었어. 야, 너 내 뒤에 타."

윤제가 좋다 싫다 말하기도 전에 그 아이가 윤제를 끌어다 스쿠터에 앉혔다. 윤제가 따라간 곳은 중화관 뒤 조그마한 골방이었다.

"난 용호야. 그냥 용호 형이라고 불러. 여기서 씻고 좀 누워 있어."

용호가 방과 붙어 있는 화장실 문을 열어 주고는 다시 밖으로 나갔다. 화장실에 들어가 거울을 들여다보던 윤제는 울컥 설움이 복받쳤다. 태욱이 얼굴이 떠오르자 분한 생각에 몸이 떨렸다.

'개새끼!'

윤제는 깜빡 잠이 들었다가 두런거리는 말소리에 눈을 떴다. 용호가 윤제만 한 아이 둘을 데리고 카드놀이를 하고 있었다.

"형, 이 새끼 깼어."

한 아이의 말에 용호가 뒤를 힐끔 돌아보며 물었다.

"야, 누구한테 터졌냐?"

"아빠요."

윤제는 거짓말을 했다. 같은 또래한테 얻어맞았다고 하면 용호가 우습게 볼 것 같아서였다.

"너네 집은 쪼다가 도깨비군!"

용호가 알 만하다는 듯이 고개를 끄덕였지만, 윤제는 용호가 무슨 말을 하는지 알아들을 수가 없었다.

"이거 먹고 여기 있든지 집에 가든지 네 맘대로 해. 우린 오락실 간다."

용호가 윤제에게 크림빵과 우유를 던져 주었다.

윤제는 빵을 먹고 난 뒤 터덜터덜 걸어서 집으로 갔다. 집 가까이 이르니 문 앞에 아버지가 서 있었다. 아버지를 본 순간, 생각지도 못한 오기가 불뚝 솟았다.

'내가 없으면 속이 시원하겠지. 개 같은······!'

윤제는 어금니를 꽉 깨물고 돌아서서 뛰었다. 불덩이가 굴러다니는 것처럼 속이 홧홧했다.

윤제는 그날 밤 중화관에 있던 해일이, 경훈이와 함께 잠을 잤다. 아침에 아이들을 따라 우면산으로 올라갔다. 아이들은 낮에는 산속에서 숨어 지내고 해가 지면 중화관으로 용호를 찾아간다고 했다.

해일이와 경훈이는 잠이 덜 깬 눈으로 산을 오르면서도 서로 장난을 치며 시시덕거렸지만, 윤제는 학교에 가는 아이들을 보자 마음이 불안해졌다.

'집에 가서 가방 가지고 학교에 갈까?'

'아니야, 안 가면 그만이지 뭐!'

윤제는 차라리 해일이와 경훈이처럼 사는 게 속 편하겠다는 쪽으로 마음이 기울자 앞서서 걸었다. 지난봄 호성이와 땡땡이를 치던 생각이 났다. 그때 피어나던 연한 잎새들에 이제는 벌써 불그스레 단풍이 들고 있었다. 윤제는 고개를 들어 하늘을 올려다보았다. 구름 한 점 없이 높은 하늘이 마음속에 시리게 담겼다.

해일이와 경훈이는 윤제보다 한 살 더 많았다. 아이들은 자기들이 만든 숲속 아지트에서 정신없이 잠을 잤다. 나뭇가지 사이로 들어온 햇빛이 아이들 얼굴에 빗살무늬를 만들었다. 윤제는 이마에 땀이 송송 맺힌 것도 모르고 자는 아이들이 안돼 보여서 나뭇가지를 꺾어다가 그늘을 만들어 주었다. 실컷 자고 난 아이들은 생라면을 부수어서 오도독오도독 씹어 먹었다.

아이들은 저녁때쯤 마을로 내려와 돌아다니면서 지나가는 아이들 돈을 뺏기도 하고, 가게에 들어가서 도둑질도 했다. 용호는 아이들에게 도둑질하는 방법과 도둑질할 장소를 찍어 주었고, 아이들이 도둑질하러 들어가면 밖에서 기다리다가 스쿠터에 태우고 도망치기도 했다. 용호는 아이들이 도둑질해 온 돈을 가로챘다. 그 돈으로 담배와 술을 사고 아이들을 데리고 오락실에도 다녔다.

"야, 이거 대빵 좋은 차야. 들어와."

용호는 자동차 문을 여는 만능 열쇠도 가지고 있었다. 용호는 자동차 문을 열고 들어가서 이것저것 뒤지며 물건을 훔쳤다.

이틀이 지나도 아이들은 윤제에게 도둑질을 시키지 않았다. 사흘째 되던 날 산에서 내려오던 해일이가 윤제를 데리고 대문이 열려 있는 집 앞을 지나가며 재빨리 말했다.

"야, 너 저 운동화 가져와."

"운동화?"

"그래, 인마. 저기 계단에 있는 운동화."

해일이가 가리키는 곳은 키 작은 사철나무가 서 있는 마당의 계단이었다. 그곳에 빨아서 널어 둔 하얀 운동화가 보였다.

"빨리!"

해일이가 눈꼬리에 힘을 주며 윤제 등을 밀었다. 윤제는 발소리를 죽이며 마당으로 들어가서 재빨리 운동화를 집어 들었다. 목덜미가 화끈거리고 가슴이 쿵쿵댔다. 윤제가 운동화를 들고 달려오는 것을 보고 해일이가 씩 웃었다.

"잘했어."

해일이와 경훈이는 그다음 날에도 윤제에게 빨랫줄에 널려 있는 옷과 이불을 훔쳐 오게 했다. 윤제는 양심이 찔리고 손이 떨렸지만, 아이들에게 얕보이기 싫어서 덤덤한 척 행동했다. 아이들은 윤제가 훔쳐 온 것들을 산으로 가져갔다.

윤제는 문득문득 집 생각도 나고 엄마 생각도 났지만, 아이들과의 생활에 어느 정도 재미를 붙여서 집에 가고 싶은 마음이 점점 옅어졌다. 처음 며칠 동안 불안하던 마음도 이

제는 많이 가시고, 오히려 답답하게 학교에 다니는 것보다
낫다는 생각도 들었다.

며칠 후, 윤제는 뜻하지 않은 곳에서 엄마를 보게 되었다.
용호의 심부름으로 슈퍼마켓에 가던 길에서였다.

'엄마다!'

골목 끝에 있는 슈퍼마켓 문을 열고 나서는 사람은 분명
히 엄마였다. 윤제는 담에 바짝 붙어서 몸을 숨겼다. 엄마는
슈퍼마켓 옆 철물점으로 들어갔다. 윤제는 반대편 벽으로
옮겨서 가게 안을 엿보았다. 엄마가 주인에게 사진 같은 것
을 보이면서 뭐라고 말하는 듯했다. 다시 가게를 나온 엄마
가 골목을 되짚어가며 길가에 세워 둔 자동차 안을 살피기
시작했다. 윤제는 재빨리 뛰어서 중화관으로 돌아왔다.

'엄마, 내가 커서 돈 많이 벌어다 줄게. 청소부도 식당 일
도 안 하게 해 줄게.'

윤제의 눈앞에 골목을 기웃거리던 엄마의 모습이 허깨비
처럼 자꾸만 어른거렸다.

용호는 캄캄해지기를 기다려 해일이와 경훈이에게 도둑
질을 시켰다. 두 아이를 함께 보내서 한 아이가 바람을 잡는
사이에 물건을 훔쳐 오게 했다. 자기는 바깥에 멀찍이 서서

아이들이 나오기를 기다렸다.

해일이는 엄마 아빠가 이혼한 뒤 할머니하고 살다가 가출한 아이고, 경훈이는 공부하기 싫어서 해일이를 따라 집을 나온 아이였다. 두 아이는 서로 죽이 잘 맞아서 용호가 가르쳐 주는 대로 감쪽같이 도둑질도 잘해 왔다.

"오늘은 길 건너편 구멍가게로 간다."

용호는 아이들을 가게 안으로 들여보내고 맞은편 집 담에 기대서서 다리를 꼰 채 담배 연기로 도넛 모양을 만들었다. 윤제는 지켜보는 것만으로도 손에 땀이 나서 바지에다 자꾸 손바닥을 문질렀다.

"형, 뛰어!"

해일이가 바람처럼 뛰어오며 다급하게 외쳤다. 용호는 재빨리 담뱃불을 집어던지고 스쿠터에 올라타더니 총알같이 달렸다. 윤제도 정신없이 따라 뛰었다. 윤제가 숨이 턱에 차서 중화관 문을 여니 용호는 방 모서리에 앉아서 고개를 무릎에 처박고 있고, 해일이는 굳은 얼굴로 슬금슬금 용호의 눈치를 보고 있었다. 윤제는 경훈이가 걱정되었지만 용호와 해일이의 눈치를 보느라고 잠자코 있었다.

생각보다 일찍 경훈이가 돌아왔다. 경훈이의 얼굴에 손바닥 자국이 붉게 나 있었다.

"야 또라이 새끼야, 왜 재수 없게 걸리냐!"

용호가 방에 들어서는 경훈이를 발로 걷어차고 주먹으로 머리통을 때렸다. 경훈이가 눈물이 글썽해지더니 고개를 푹 숙였다. 해일이도 자라목이 되어 몸을 움츠렸다. 윤제는 경훈이가 불쌍해서 마음이 아팠다.

"형, 미안해요."

경훈이가 어깨를 한 번 추어올리더니 모기만 한 소리로 말했다.

"새꺄, 미안한 줄 알면 앞으로 조심해. 한 번만 더 걸리면 넌 죽었어."

용호가 손바닥으로 또 경훈이의 머리를 후려쳤다.

"야, 저 새끼들 이젠 얼굴이 너무 팔려서 안 되겠다. 윤제 너, 똘마니 하나 데리고 와라."

"예?"

윤제가 깜짝 놀라서 되물었다.

"너네 동네에서 똘마니 하나 데려오라고."

"네."

윤제는 순순히 대답했다. 그 자리에서 용호 말에 토를 달아 봤자 아무 소용 없다는 걸 알기 때문이다. 윤제는 용호의 마음을 종잡을 수가 없었다. 잘해 줄 때는 친형처럼 잘해 주는데 오늘처럼 정말 위로가 필요할 때는 매정하기 짝이 없었다.

윤제는 아이들이 오락실에 간 사이에 마음이 울적해서 집 쪽으로 걸었다. 식구들은 잠들었는지 집에 불이 꺼져 있었다. 이젠 식구들이 자기를 잊은 것 같아서 마음이 쓸쓸했다. 윤제는 터벅터벅 공터 쪽으로 걸어갔다.

'애들도 모두 나를 잊었겠지?'

이사 온 다음 날 아이들과 싸우던 일, 아이들을 몰고 다니며 폼을 잡던 일, 태욱이에게 얻어맞던 일들이 생각났다.

"이 여편네가 오밤중에 잠 안 자고 청승은."

신발 끄는 소리가 나더니 아버지의 목소리가 들렸다. 윤제는 재빨리 몸을 숨겼다.

"놔요. 지금 아가 나가서 죽었는지 살았는지 모르는데 잠이 오나!"

"이 여편네가 술까지 퍼먹고 지랄이네. 미쳤구먼, 미쳤어. 발 달린 짐승이 어데 있는지 알고 그렇게 맨날 찾아다니나?"

"그래 미쳤소, 미쳤어. 아를 못 찾으면 나는 미쳐서 콱 죽어 삘 기다, 흐흐흑."

윤제는 엄마가 울부짖는 소리를 듣는 순간 목구멍에 말뚝이 박힌 듯 뻣뻣해져서 숨을 쉴 수가 없었다.

'엄마! 엄마, 미안해!'

윤제는 터져 나오려는 울음을 두 손으로 막으며 돌아섰다. 엄마의 따뜻한 품이 그리워 달려가 안기고 싶었다. 그러나 지금 와서 이런 못난 모습으로 돌아갈 수는 없었다. 윤제는 숨죽여 울며 중화관으로 걸어갔다.

"야 이 새끼야, 토낀 줄 알고 놀랐잖아."

윤제가 문을 열고 들어서자 용호가 발로 찼다.

"아이 씨발, 너 사람 박 터지게 할래? 야, 너 내 허락 없이 마음대로 돌아다니지 마. 알았어? 그리고 누구한테 붙잡히거나 너네 식구들한테 걸려도 중화관이나 내 얘기는 입도 뻥긋하지 마! 내 얘기 했다가는 뼈도 못 추릴 테니까. 알았어, 새꺄?"

"네."

용호가 윤제의 명치 밑을 주먹으로 세게 치며 다시 한번 다짐을 받았다. 윤제는 그 자리에 고꾸라져서 가슴을 움켜쥐었다. 용호한테 맞는 것보다 "아를 못 찾으면 나는 미쳐서 콱 죽어 삘 기다." 하던 엄마 목소리가 마음을 더 아프게 찔렀다.

용호는 윤제에게 당장 친구를 데려오라고 다그쳤다. 기철이를 부르면 금방 따라오겠지만, 아무래도 기철이 아버지가 겁이 나서 경우를 점찍었다. 경우가 자기 엄마한테 얻어맞고 쫓겨나는 것을 몇 번 봤기 때문이다.

윤제가 서초역 길목에서 경우를 데리고 오는데 언제 봤는지 기철이가 뛰어왔다.

"윤제야, 너 어디 있었어? 너네 엄마가 너 찾으러……."

"알았어, 인마. 너 나 봤다는 말 하면 죽어, 알았어? 경우 봤다는 말도 하면……."

"아, 알았어. 근데 어디 가?"

"어디 가긴……. 참, 너 내일 학교 끝나고 세 시에 화물터미널역으로 나와. 할 말 있어."

주춤거리며 따라오는 기철이를 보내고 윤제는 경우를 데리고 갔다. 윤제가 기철이더러 나오라고 한 건 순전히 식구들 소식을 물어보고 싶었기 때문이다.

다음 날, 윤제는 경우와 화물터미널역에 나갔다. 둘은 의자에 앉아서 동전으로 짤짤이를 하며 기철이를 기다렸다.

"이놈의 자슥!"

갑자기 나타난 엄마가 윤제의 목덜미를 덥석 잡았다. 같이 온 경우 엄마도 씩씩거리며 경우를 붙잡았다.

"이놈의 새끼야, 아주 오늘 니하고 나하고 죽자. 이 서울 바닥에서 니 같은 인간을 먹여 주고 재워 줄 데가 어데 있나? 이적지 어데로 돌아다녔는지 싹 말해 봐라."

윤제는 엄마 매에 못 이겨 해일이와 경훈이 얘기는 했지만 용호 얘기는 하지 않았다. 엄마의 매보다 용호가 더 무서웠기 때문이다.

윤제는 엄마와 함께 산으로 올라갔다. 엄마는 윤제가 훔쳐 온 물건들을 싸서 이고 곧바로 파출소에 갔다. 그리고 그것들을 경찰관들에게 보여 주며 말했다.

"순경 아저씨요, 이놈은 내 자슥이지만 순 도둑놈이니까 다시는 도둑질 못 하게 혼 좀 내 주소."

엄마에게 자초지종을 들은 경찰관은 엄마를 집으로 돌려보낸 뒤 윤제를 감방에 처넣는다고 위협했다. 윤제는 겁이 나서 벌벌 떨었다. 반성문을 쓰고 손도장까지 찍은 뒤에야 집으로 돌아왔다.

"얼른 앞장서라. 한 군데도 빼먹지 말고 싹 대거라."

다음 날, 엄마는 산에서 가져온 이불과 옷을 빨아서 윤제를 앞세우고 나섰다. 윤제와 엄마는 주인을 만나서 용서를 빌며 훔쳐 온 물건들을 돌려주었다. 돌려줄 수 없는 것은 돈으로 갚았다.

그다음 날부터 엄마는 모든 일을 팽개치고 윤제와 함께 학교에 갔다. 윤제를 교실에 들여보내고 공부가 끝날 때까지 복도에서 기다렸다. 윤제는 화장실까지 따라오는 엄마가 야속했지만 엄마는 잠시도 윤제에게서 눈을 떼지 않았다. 윤제를 데려간 아이들이 또 언제 윤제를 불러 갈지 모르는 일이기 때문이다.

"엄마, 제발 그 슬리퍼 좀 끌고 오지 마!"

"뭐라고? 니 때문에 돈벌이도 못 하는데 이 고무 딸딸이가 어때서."

윤제는 반찬 냄새 풀풀 나는 옷에 고무 슬리퍼를 신고 학교에 오는 엄마가 창피했지만 엄마의 고집을 꺾지 못했다.

겨울 방학이 되었다.

"없는 놈들이 벌어먹고 살기에는 뭐니 뭐니 해도 뜨신 여름철이 낫지."

찬바람을 맞으며 새벽에 일을 나갔던 아버지가 일거리를 얻지 못하고 돌아와서 불평을 했다. 날씨가 추워지자 아버지의 일손이 꼼짝없이 묶인 것이다.

엄마는 혼자서라도 열심히 벌어야 하는데 윤제 때문에 옴짝달싹 못 했다.

"윤제야, 니가 집에 가만히 엎드려 있으면 을매나 좋겠노."

"그럼 강아지 사 줘."

"강아지?"

윤제는 강원도에 살 때 강아지를 키우던 생각이 났다. 그 강아지가 보고 싶어서 쉬는 시간에도 쏜살같이 집으로 뛰어갔다 오던 일이 생각나 웃음이 나왔다. 그러나 지금은 손바닥만 한 단칸방에다 마당도 없는데 어떻게 강아지를 키울 수 있단 말인가? 엄마한테 말은 꺼냈지만 소용없는 일이라 생각하고 윤제는 아예 잊고 있었다.

며칠 뒤 뜻밖에도 엄마가 강아지를 사 왔다. 주먹만 한 강아지였다.

"야, 털이 하야니까 흰둥이라고 해라. 아님 해피라고 하든지. 행복하게 살라고."

"아니야. 혁제, 윤제, 우리 둘 다 '제' 자가 들어가니까…… 맞다! 형, 얘 이름 제순이라고 하자. 김, 제, 순."

"김제순? 졸지에 여동생 하나 생겼네."

혁제와 윤제는 강아지 이름을 지어 놓고 한바탕 웃었다.

"이 강아지는 집 안에서만 키워야지 바깥에 데리고 나가면 감기 걸려서 죽는다더라."

엄마가 윤제에게 겁을 주었다.

"네 식구 살기도 죽을 노릇인데 뭔 개 새끼를 키운다고!"

아버지는 강아지를 발길로 차며 화를 버럭 냈다. 발길에 차인 강아지가 나가떨어져 바들바들 떨자 윤제는 기겁을 했다. 윤제는 제순이를 품에 꼭 안았다. 어떡하든지 제순이를 잘 키워 보고 싶었다.

대동제

"아이고, 영진이 아버지……."

경찰들이 옆집 털보 아저씨의 손목에 수갑을 채워서 데리고 갔다. 아주머니가 신발을 짝짝이로 신고 나오며 울었다. 털보 아저씨는 눈을 꼭 감고 걸어갔다.

요즘 털보 아저씨는 걱정이 많았다. 하나밖에 없는 아들, 영진이가 대학에 합격했는데 등록금을 마련하지 못해서였다. 추운 겨울이라 하루 종일 리어카를 끌고 돌아다녀도 빈 상자나 신문지 뭉치만 나오고 값나가는 고물이 없었다. 그런데 마침 집 짓는 공사판을 지나다가 철근을 보고 욕심이 생겨 리어카에 실었다는 것이다.

윤제는 털보 아저씨가 끌려가는 것을 보자 경찰관한테 야단맞던 생각이 나서 몸이 떨렸다. 털보 아저씨를 태운 차가 출발하는 것을 보고 돌아서는데, 변소 앞에 서 있는 영진이의 뒷모습이 보였다.

"형, 영진이 형."

"……."

윤제는 영진이에게 다가갔다. 영진이의 어깨가 가늘게 흔들리고 있었다.

"윤제야, 들어가."

"형도 들어가."

영진이의 젖은 목소리에 윤제는 마음이 아팠다.

윤제는 영진이와 자주 만나지는 못했다. 어쩌다 일요일 저녁때 공을 같이 찬 적은 있지만, 입시생들이 누구나 그렇듯 밤늦게 돌아오기 때문에 거의 볼 수가 없었다. 하지만 윤제는 크레용을 칠한 것 같은 짙은 눈썹 밑으로 보이는 영진이의 맑은 눈동자를 좋아했다.

"형, 내가 돈 많이 벌어서 형 줄게."

엉겁결에 말을 하고 보니 무척 쑥스러웠다. 윤제는 후다닥 뛰어서 집으로 돌아왔다.

"엄마, 털보 아저씨는 어떻게 돼?"

"글쎄다, 잘못을 했으니 감옥에 안 가겠나?"

엄마도 잔뜩 근심을 띤 얼굴로 대답했다.

그때 밖에서 요란한 풍물 소리가 들렸다.

"오늘 저녁에 법원 단지 앞에서 대동제 한다더라."

"대동제가 뭔데?"

"한풀이 굿이라나 뭐라나. 한 많은 사람들이 이 동네에 다 모여 있으니……. 오늘 오는 무당이 작두춤으로 유명하다던 데, 니도 구경 갈라나?"

엄마는 벌써 대동제에 갈 생각을 하고 있었는지 윤제에게 물었다. 윤제는 제순이를 점퍼 안에 넣고 단추를 잠갔다.

"제순이 놔두고 가. 감기 걸려."

혁제가 불안한 눈빛으로 말했다.

"그냥 둬라. 모처럼 날도 푹하니 제순이도 콧바람 한번 쐬 게."

윤제는 엄마와 함께 법원 앞으로 갔다. 무대가 꾸며진 법 원 앞에는 벌써 많은 사람들이 모여 있었다. 울긋불긋한 옷 을 입은 무당이 무대 위에서 두 발을 모으고 풀쩍풀쩍 뛰면 서 꽹과리를 쳤다. 윤제는 무대 한가운데 서 있는 허수아비 를 보자 가슴이 섬뜩해졌다. 나무로 깎아 만든 얼굴에 비뚤 게 붙인 눈, 코, 입이 고통에 못 이겨 잔뜩 일그러진 것처럼 보였기 때문이다. 털보 아저씨와 영진이 얼굴이 허수아비에 겹쳐 보여서 윤제는 몇 번이나 고개를 흔들었다.

"어허, 퉤퉤. 힘없고 도온 없는 우리네 인생살이, 동서남북에서 모가지를 조여 오니······."

무당이 사설을 늘어놓자 장구를 두드리던 남자가 "그렇지, 소도 비빌 언덕이 있어야 하는 벱이여." 하고 맞받았다.

"남방 장군, 서방 장군······ 장군님들 오늘 저녁 이 꽃마을에 하감하소사······. 어허, 길을 비켜라. 장군님들 내려오신다."

한참 사설을 하고 난 무당이 무대 밑으로 뛰어 내려와 모여 선 사람들 사이로 뛰었다. 사람들이 양옆으로 갈라서며 길을 터 주었다. 무당은 그 사이에서 춤을 추었다. 그러고는 무대로 훌쩍 뛰어오르더니 허수아비 목에 쇠사슬을 친친 감고 붉은 천을 푹 뒤집어씌웠다.

그 모습을 보고 윤제는 등줄기가 오싹했다. 이어서 무당이 번쩍이는 삼지창을 들고 허수아비를 찌르자 빠른 풍물 소리가 가슴을 도려낼 듯 날카롭게 울렸다.

굿이 끝날 때쯤 마을 일에 앞장서는 권씨 아저씨가 불붙은 솜방망이를 들고 나와 가운데에 쌓아 둔 장작더미 앞에 서더니 큰 소리로 외쳤다.

"여러분, 올해는 우리 꽃마을에 이제 더는 화재가 나지 않
도록 오늘 한꺼번에 다 태워 버립시다!"

권씨 아저씨가 장작에 불을 붙였다. 불이 확 치솟았다. 사
람들이 "와!" 하고 소리 높여 외쳤다.

그때였다.

"빨갱이를 때려잡아!"

끝네 할머니가 큰 소리를 지르며 불길로 뛰어들었다.

"아악!"

사람들이 비명을 질렀다. 몇몇 사람이 달려들어 끝네 할
머니를 끌어냈다. 할머니 윗도리 앞섶에 붙은 불이 꼭 붉은
꽃잎처럼 번지고 있었다. 권씨 아저씨가 황급히 겉저고리를
벗어서 할머니의 가슴에 푹 얹으며 손바닥으로 두드렸다.
너무나 순식간에 일어난 일이라 윤제는 정신이 없었다. 윤
제의 쿵쿵거리는 심장 소리에 놀랐는지 제순이가 품속에서
낑낑댔다.

'할머니가 죽으면 고양이는……'

윤제는 고양이의 노란 눈빛이 떠올랐다.

갑자기 사람들이 환호성을 질렀다. 끝네 할머니가 자리에
서 부스스 일어난 것이다. 다행히 권씨 아저씨가 재빨리 불
을 끈 덕분에 껴입은 겉옷만 타고 다치지는 않은 모양이었

다. 윤제도 그제야 마음이 좀 가라앉았다.

"이제 오늘 대동제의 마지막 순서로 '대책 없는 철거는 없다.'는 우리의 의지를 나타내기 위해서 삭발식을 거행하겠습니다."

마이크 소리와 함께 청년 셋이 무대로 뛰어 올라갔다. 뒤따라 가위를 든 한 아주머니가 올라갔다. 아주머니는 첫 번째에 앉은 청년의 머리카락을 한 모숨 잡더니 쑹덩 잘랐다. 또다시 머리카락 한 모숨을 움켜쥐던 아주머니가 차마 더 자르지 못하고 청년을 끌어안고 울기 시작했다. 그러자 여기저기서 훌쩍이는 소리가 났다. 윤제는 영문을 몰라 엄마를 쳐다봤다. 엄마도 눈가를 닦고 있었다. 신나고 재미있는 건 하나도 없고 다 기분 나쁘고 우울한 구경거린데 괜히 왔다는 생각이 들었다.

그때 건너편에 빨간 점퍼를 입고 서 있는 혜미가 보였다. 혜미도 울고 있는지 어깨가 들썩거렸다.

'나쁜 놈의 지지바!'

혜미 때문에 태욱이한테 얻어맞은 일이 생각나자 부아가 치밀었다. 윤제는 혜미를 보지 않으려고 얼굴을 돌렸다. 그러나 활활 타오르는 불꽃 너머로 혜미의 얼굴이 더 또렷하게 보였다.

'저 지지바가 뭔데? 왜 태욱이를 대신 내보냈는지 따져는 봐야지.'

갑자기 오기가 생겼다. 윤제는 엄마 옆을 빠져나와 사람들을 헤치고 혜미 뒤쪽으로 갔다. 혜미의 빨간 귓불 위로 잔머리카락이 남실댔다. 생각 같아서는 머리꼭지라도 쿡 쥐어박으며 물어보고 싶은데 입이 떨어지지 않았다. 윤제가 머뭇거리는 사이에 무대 위에서 울던 아주머니가 내려오고 다른 사람들이 올라가 청년들의 머리를 기계로 빡빡 밀었다.

"이것으로 꽃마을 대동제의 모든 순서를 마치겠습니다. 여러분, 우리 모두 힘을 냅시다. 내년에는 좋은 일이 많이 생기길 바랍시다. 안녕히 돌아가십시오."

사람들이 하나둘 흩어지기 시작했다. 혜미도 손등으로 눈물을 닦으며 돌아서서 걸었다. 윤제는 혜미 뒤를 슬금슬금 따라갔다. 앞서 걸어가던 혜미가 뒤를 힐끗 돌아보다가 윤제를 봤는지 더 빨리 걸었다. 윤제는 혜미 뒤로 바짝 다가서며 재빨리 말했다.

"야, 너 지난번에 쪽지 보내고 왜 안 나왔어?"

"……."

혜미가 뒤돌아보았다.

"혜미……."

"윤제야, 엄마를 내삐두고 니 혼자 가나. 한참 찾았잖나."

윤제가 혜미를 다시 부르는 것과 동시에 엄마 목소리가 들렸다. 혜미가 엄마 목소리를 듣고 막 뛰기 시작했다.

"에이, 엄마는……."

모처럼 혜미에게 따져 볼 수 있는 좋은 기회였는데 엄마 때문에 놓쳤다.

윤제가 툴툴거리며 집 앞에 이르니, 털보 아저씨네 문이 열려 있고 안에서 사람들의 말소리가 들렸다.

"죄는 밉지만 형편이 딱하게 됐으니."

"털보가 오죽했으면 그런 일을 했을라고. 이럴 때 우리가 도와야지."

"영진이 장래를 생각해서라도 힘을 합쳐야 된다이."

"아무리 그래도 남의 것을 훔친 건 잘못이제."

동네 사람들이 모여서 털보 아저씨 일을 의논하고 있었다. 사람들은 털보 아저씨를 동정하기도 하고, 아저씨가 한 일을 비난하기도 했다. 그러나 대부분은 평소에 착했던 털보 아저씨를 이야기하며 마음 아파했다. 사람들은 털보 아저씨를 위해 탄원서를 쓰고 서명을 하자고 제안했다.

아저씨들은 밤중에 집집마다 돌아다니며 서명을 받았다. 윤제는 영진이를 만나고 싶었지만, 딱히 할 말이 없어서 문 앞에 서 있다가 그냥 집으로 들어왔다.

"엄마, 이 세상에서 돈이 젤 중요하지?"

제순이를 점퍼 속에서 꺼내며 윤제가 물었다.

"사람이 꼭 돈으로만 사나? 털보 아저씨를 봐라. 워낙 인심을 안 잃고 살았으니 동네 사람들이 밤중에도 발 벗고 나서잖나. 돈보다 더 중요한 게 세상에는 쌨다."

"엄마는……. 돈이 없어서 잡혀갔지 돈만 있어 봐, 털보 아저씨가 왜 잡혀가? 씨이, 돈보다 더 중요한 게 뭐가 있다고……."

윤제는 엄마 말을 반박하며 툴툴댔다.

다음 날, 털보 아저씨가 집으로 돌아왔다. 털보 아저씨의 딱한 사정과 동네 사람들의 탄원서를 보고 물건 주인이 고소를 취하했다는 것이다. 윤제는 털보 아저씨가 집으로 온 것을 보고 돈보다 더 중요한 게 있을 것 같다는 생각도 들었지만, 어쨌든 모든 일의 원인은 돈이라는 생각을 떨쳐 버릴 수가 없었다.

다음 날, 경찰차가 또 왔다. 윤제는 일이 잘못되어서 털보 아저씨가 다시 잡혀갈까 봐 가슴이 철렁했다. 그러나 뜻밖에도 경찰관들은 좋은 소식을 가져왔다. 털보 아저씨의 딱한 형편을 알고 경찰들이 정성껏 모은 성금을 영진이 학비에 보태라고 전해 주고 간 것이다.

'정말 세상에는 돈보다 더 중요한 게 있을까?'

윤제는 머릿속이 풀어 헤친 실타래처럼 헷갈렸다.

입학

윤제가 중학교에 입학하는 날이다.

같은 학교로 배정받은 기철이가 일찌감치 교복을 차려입고 윤제네 집으로 왔다.

"야 너희들, 이제 우리 학교에 다니게 됐으니 이 선배님을 깍듯이 모셔라."

혁제가 목에 잔뜩 힘이 들어간 목소리로 윤제와 기철이를 보고 빙긋 웃으며 말했다. 엄마는 일하러 갔는데 아버지는 새벽일을 안 나가고 집에 있었다.

'설마 학교에는 안 오겠지?'

윤제는 아버지가 입학식에 오는 게 싫어서 서둘러 집을

나섰다. 기철이와 서초역 지하도를 걸어 올라와서 농협 앞에 섰다. 기철이가 눈을 치뜨고 윤제의 눈치를 살피며 머뭇거렸다.

"얌마, 이젠 중학생이잖아. 오늘부터는 같이 가도 돼."

윤제의 말에 기철이가 입을 헤벌리고 웃었다. 이제는 중학생이 되었으니 기철이 같은 친구도 창피해하지 않고 당당하게 행동하리라 마음먹었다.

윤제는 교문 앞에 이르러 하늘을 올려다보고 가슴을 쭉 폈다. 교복을 입은 자기 어깨가 한 뼘은 더 넓어진 것 같아서 마음이 뿌듯했다.

운동장에서 간단하게 입학식을 마치고 교실로 들어갔다. 윤제의 담임 선생님은 국어를 담당하는 여자 선생님이었다. 선생님이 아이들을 복도에 줄 세워 놓고 키 순서대로 자리를 정해 주었다. 키가 큰 윤제는 맨 뒷자리였다. 아이들이 자리에 앉자 입학식에 온 학부모들이 교실 뒤편으로 들어와서 둘러섰다.

윤제는 혹시 엄마가 왔는지 뒤를 힐끔 돌아보았다. 그런데 사람들 틈에 아버지가 서 있었다. 얼른 고개를 돌렸다. 회색 점퍼 속에 붉은 넥타이를 매고 서 있는 아버지의 모습이 촌스럽게 보였다.

'왜 넥타이는 매고 야단이야!'

윤제는 우중충한 점퍼 때문에 더욱 붉어 보이는 아버지의 넥타이가 몹시도 거슬렸다.

"자, 오늘은 이것으로 마치겠어요. 학생들은 집으로 돌아가고 부모님들과 잠깐 이야기를 나누겠습니다."

아이들이 우르르 밖으로 나갔다. 윤제는 얼른 아버지 옆에 가서 팔을 잡아끌었다.

"아빠, 집에 가요."

"니 먼저 가거라. 선생님이 부모들한테 뭔 할 말이 있다 하니……."

"아이 씨, 그냥 가요."

아버지는 윤제 마음도 모르고 윤제 자리에 가서 앉았다. 윤제는 할 수 없이 복도로 나왔다. 아버지가 제발 선생님 앞에서 실수하지 않기를 빌며 유리창 틈으로 아버지를 지켜보았다. 아버지는 빙그레 웃음을 띠고 얌전한 학생처럼 앞만 보고 있었다. 그래도 윤제는 안심이 되지 않아서 마음을 졸였다.

선생님과 부모들의 대화 시간은 길지 않았다. 문이 열리고 부모들이 나왔다. 윤제가 안도의 한숨을 내쉬는데 아버지는 곧장 나오지 않고 선생님 앞으로 걸어갔다. 윤제는 더 이상 지켜볼 수가 없어서 밖으로 나와 버렸다.

"아빠, 쪽팔리게 뭐 하러 학교 왔는데요?"

"이놈아야, 아들자식 입학식에 애비가 온 게 뭔 잘못이나? 왜 똥 씹은 얼굴로 애비를 후달구나?"

윤제가 식식거리자 아버지가 언짢은 얼굴로 말했다. 윤제는 아버지의 얼굴을 멀거니 올려다보았다. 집에서 볼 때는 몰랐는데, 햇빛 아래 서 있는 아버지의 이마에 굵은 주름이 지렁이처럼 매달려 있었다.

"짜장면 먹고 갈라나?"

아버지는 윤제가 미처 대답을 하기도 전에 중국집으로 들어갔다. 아버지와 윤제는 묵묵히 짜장면을 먹었다.

"윤제야, 니는 이제 중학생이니까 아빠는 니를 믿는다."

아버지가 중국집을 나오며 윤제에게 말했다. 윤제는 대답하지 않고 앞서 걸었다. 뒤따라오는 아버지의 터벅거리는 발걸음 소리가 무겁게 들렸다.

"형, 이런 게 왜 필요한데?"

집에 와서 선생님이 나눠 준 여러 가지 입학 안내문을 들춰 보다가 '가정 환경 조사서'를 보게 된 윤제는 기분이 상했다. 학교에서는 왜 이런 것을 해 오라고 하는지 이해할 수 없었다. 그래도 텔레비전, 냉장고, 전화는 있다고 동그라미를 쳤다. 살고 있는 집에 자가, 전세, 월세 중에서 한 군데에 표시를 해야 하는데, 이게 무척 아리송했다.

"자가에다 동그라미 쳐. 하우스는 우리 거니까."

"하우스가 뭔 집이냐?"

"사람이 살고 있으면 집이지. 아니면 옆에다가 꽃마을 하우스라고 써넣든가."

"아니야, 형 말이 맞다. 하우스도 뭐 집은 집이니까."

윤제는 '자가'에다 동그라미를 쳐 놓고 누워서 천장을 올려다보았다. 쥐 오줌에 절어서 얼룩덜룩한 천장과 깨금발로 뛰어도 열 발짝도 안 될 좁은 방구석이 한심해 보였다.

"집이라고, 개뿔!"

윤제는 엎드려서 동그라미 쳤던 곳에 가새표를 했다.

그게 또 문제가 되었다. 다음 날 종례를 마친 선생님이 윤제를 불렀다.

"김윤제, 이게 뭐야? 정확하게 표시를 해야지, 이렇게 찍찍 그어 놓으면 어떡하니? 여기다 다시 해."

선생님이 새 종이를 내밀었다.

"이거 꼭 해야 돼요?"

"그럼."

윤제가 종이를 노려보고 서 있자 선생님이 의아해하며 물었다.

"아니, 왜 그래?"

대수롭지 않게 여기던 선생님이 윤제의 굳어진 얼굴을 보고 그제야 의자를 당겨 앉으며 물었다. 윤제는 입을 더욱 굳게 다물었다. 선생님이 이맛살을 찌푸리더니 윤제를 아래위로 훑어보며 못마땅한 표정을 지었다. 윤제가 아무것도 아닌 것을 가지고 반항하고 있다고 생각하는 것 같았다.

선생님과 윤제의 신경전은 꽤 오랫동안 이어졌다.

"야, 그럼 집에 가서 다시 해 와!"

선생님은 더 이상 참을 수 없는지 출석부로 책상을 탁 치며 일어서서 교실을 나갔다. 윤제는 가정 환경 조사서를 그대로 둔 채 교실을 나오려다가 다시 들어갔다. 그리고 재빨리 위에서부터 동그라미를 쳐 나가기 시작했다. 물론 살고 있는 집은 '자가'에다 동그라미를 쳤다. 마음이 영 찜찜했다.

윤제는 중학생이 되어도 수업을 따라잡기가 힘들었다. 특히 수학은 초등학교 때 기초를 다져 놓지 못해 선생님이 아무리 설명을 해도 이해가 잘 되지 않았다. 보습 학원에라도 다니고 싶었지만, 아버지한테 얘기해 봤자 손톱도 안 들어갈 게 뻔했다.

윤제가 가장 기다리는 시간은 체육 시간이었다. 체육은 어떤 종목이든 다 자신이 있었다. 선생님도 윤제가 체육을 잘한다고 칭찬을 했고, 짝을 맞춰서 하는 운동은 윤제를 불러내어 같이 할 정도였다. 또 시범을 보일 때도 반에서 키가 가장 큰 윤제에게 시켰다. 체육에 대한 자신감이 생기자 윤제는 체육 선생님이 되겠다는 꿈을 갖게 되었다.

형이 같은 학교에 다니는 것도 기분 좋은 일이었다. 가끔 형이 친구들을 데리고 윤제네 반으로 찾아오면 왠지 어깨가 으쓱해졌다. 집에서는 그저 그런 형인데 학교에서는 3학년 선배로 높게 보였다.

윤제는 이제 기철이가 자기 교실에 찾아와도 창피하지 않았다. 윤제가 학교에서 기철이를 친구로 인정하자 아이들도 감히 기철이를 놀리지 못했다. 그렇지만 윤제 어깨 밑에 떨어지는 키와 그 생긴 모습 때문에 아이들은 기철이를 보고 뒤에서 킥킥대며 웃었다.

교문 옆에 개나리꽃이 활짝 피었다. 6교시 수업을 마친 뒤 친구들과 교문을 나서던 윤제는 다시 돌아와서 활짝 핀 개나리꽃 한 가지를 꺾었다. 제순이에게 보여 주고 싶었기 때문이다.

"야, 김윤제!"

앞을 막아서는 낯익은 목소리에 윤제는 가슴이 철렁했다. 해일이였다. 지난가을보다 더 마르고 꺼칠해 보이는 해일이가 낯선 아이와 함께 서 있었다.

"애, 새로 온 애야. 김준섭이. 경훈이 그 새끼는 집에 끌려갔어."

잇새로 침을 찍 내뱉으며 해일이가 말했다.

"용호 형이 너 데리고 오래."

"왜?"

윤제는 잊고 있던 용호 얼굴이 떠오르자 온몸에 소름이 쫙 끼쳤다.

"같이 가자."

해일이와 준섭이가 양쪽에서 윤제의 팔을 잡아끌었다. 어깨를 빼며 도망치려 했지만 힘에 밀려서 학교 앞 골목까지 끌려갔다. 용호가 스쿠터에 앉아서 기다리고 있었다.

"김윤제 오랜만이다. 야 이 새끼, 교복이 제법 잘 어울리는데!"

용호가 윤제의 어깨를 탁 치며 웃었다. 그러고는 윤제가 들고 있던 개나리꽃을 뺏어서 꽃잎을 뜯어 던지며 말했다.

"야 인마, 지난가을에 의리 없이 사라지고 한번 오지도 않냐? 짜아식, 알았어. 그냥 보고 싶어서 불렀어. 가 봐."

윤제는 용호가 그냥 보내 주는 게 이상했지만, 고개를 한 번 꾸벅하고는 돌아서서 뛰었다.

'저런 도둑놈들이랑 다시는 어울리지 않을 거다!'

윤제는 마음속으로 다시 한번 다짐했다.

윤제가 공터까지 왔을 때 맨 끝 집 창문에 아이들이 붙어 서서 킥킥거리고 있었다.

"뭐야?"

윤제는 아이들을 밀치고 젖힌 창문 사이로 안을 들여다보았다. 방 안에는 몸집이 크고 얼굴이 허연 할아버지가 누워 있었다. 그런데 괴상망측하게도 두 손을 아랫도리에 넣고 꼼지락거리고 있었다.

"누구야?"

"대현이 할아버지래."

"대현이?"

"응, 되게 웃기지!"

윤제는 할아버지를 보기가 민망해서 아이들을 끌어내고 창문을 닫았다.

"보지 마!"

"왜?"

경우가 턱을 치켜들며 물었다.

"보지 말라면 보지 마!"

윤제가 소리를 빽 지르자 경우가 슬금슬금 물러났다.

"그동안 대현이 고모네가 할아버지를 모셨는데 이제는 아들이 모셔야 한다고 하도 야단을 해서 모셔 왔다더라. 대현이 고모가 오죽했으면 대현이네 형편을 빤히 알면서도 모셔 가라고 했겠나. 할아버지가 노망난 지도 오 년이 넘었다니, 쯧쯧쯧……. 이제 대현이 엄마가 시아바이 밥해 나르고 오 짐똥 받아 내느라고 시껍하지."

엄마가 대현이 할아버지 이야기를 하며 혀를 찼다. 윤제는 엄마한테 해일이가 학교 앞으로 찾아왔더라는 말을 할까 하다가 입을 다물었다. 만약 엄마가 또 자기를 쫓아다니겠다고 하면 큰일 아닌가.

다음 날도 교문 앞에 해일이와 준섭이가 서 있었다.

"왜 자꾸 찾아와, 씨……."

이번에는 윤제가 먼저 화를 내며 소리를 버럭 질렀다. 그때 탈탈탈 스쿠터 소리가 나더니 용호가 나타났다.

"김윤제, 잘 가."

용호가 윤제 어깨를 툭 치고 빙그레 웃으며 지나갔다. 해일이와 준섭이는 용호가 탄 스쿠터를 쫓아 뛰었다. 주위를 맴도는 아이들을 보니 윤제는 점점 불안해졌다.

"야, 내가 보지 말랬잖아!"

어제처럼 대현이 할아버지 방 창문에 아이들이 쪼르르 붙어 서 있었다. 윤제가 고함을 쳐서 아이들을 쫓고 창문을 닫으려고 하는데 역한 냄새가 훅 풍겨 왔다. 윤제는 코를 쥐고 방 안을 살펴보았다. 됫박만 한 방 한쪽에는 신문지가 덮인 쟁반과 붉은 플라스틱 세숫대야와 요강이 놓여 있고, 벽에는 회색 바지와 누런 저고리가 걸려 있었다. 할아버지가 오늘은 엉덩이까지 바지를 내려 놓고 아랫도리를 만지작거리고 있었다.

'대현이 아빠는 작은데 할아버지는 되게 뚱뚱보다!'

살이 쪄서 배가 한 아름도 넘을 할아버지를 찬찬히 살펴봤지만, 곱상한 대현이 아버지하고는 닮은 데가 없었다.

"대현이 아빠는 죽어도 보기 싫다고 얼굴 한번 안 디민다더라. 부모 자식 간이라도 마음에 맺힌 게 있으니 그럴 수밖에 없잖나. 대현이 아빠가 얼라였을 때 엄마가 죽었는데, 두 남매를 처내삐리두고 혼자 돌아댕겼다니 남매가 고아맨치로 컸지. 그래 놓고 늘그막에 병들어서 자식들을 찾으니 누가 좋아하겠나."

엄마가 했던 말이 떠오르자 윤제는 대현이 할아버지의 퉁퉁하고 허연 얼굴이 역겹게 느껴졌다.

토요일 학교 수업이 끝나자 윤제는 마음이 불안해서 안절부절못했다. 쉬는 시간에도 몇 번이나 고개를 빼고 밖을 내다보았다. 연이틀째 아이들이 교문 앞에서 지키고 있는 걸보면 뭔가 심상치 않은 일이 있을 거라는 느낌이 들었다. 윤제는 교실을 나와 학교 뒤 철문을 넘어갈까 생각하다가 걸리면 야단맞을 것 같아 그냥 교문으로 나갔다. 교문 앞에서혁제가 친구와 함께 걸어가다가 윤제를 보고 소리쳤다.

"윤제야, 형 진우네 집에 간다."

진우 형네 부모님이 제주도 여행을 가서 그 집에서 자고온다고 오늘 아침 엄마한테 허락을 받더니 정말 자고 올 모양이었다. 멀어져 가는 형을 보니 가슴 한구석이 텅 빈 것처럼 허전했다.

'형한테 얘기할걸……'

그러나 혁제는 벌써 길모퉁이를 돌아가고 보이지 않았다.

그때였다.

"야, 너네 형이냐?"

아니나 다를까 용호가 껌을 질겅질겅 씹으며 다가왔다.용호 뒤에는 해일이와 준섭이가 장난을 치며 서 있었다.

"야 김윤제, 이리 와 봐."

용호가 윤제를 불렀다. 준섭이와 해일이라면 그대로 밀치고 뛰었겠지만, 용호의 쏘아보는 듯한 눈빛은 피할 수 없었다. 용호는 윤제보다 네 살이나 더 많았다.

용호가 윤제를 문방구 뒤쪽 골목으로 데리고 갔다.

"야, 오늘 저녁에 한 번만 나와라."

"왜요?"

"한 번만 나오면 돼. 딱 한 번이야."

"……."

"저녁 일곱 시에 아름주택 근처 놀이터로."

용호는 윤제가 대답할 틈도 없이 말을 던져 놓고는 골목을 빠져나갔다. 윤제는 그 자리에 얼어붙은 듯 서 있었다.

'딱 한 번이라는데 나가는 게 낫지 않을까? 안 그러면 자꾸 찾아올 텐데……. 아니야, 다시는 어울리고 싶지 않아.'

그러나 이미 용호는 윤제를 찍었다. 언제까지 피할 수 있을까? 집에 돌아온 윤제는 책가방을 던져 놓고 팔을 베고 누웠다. 제순이가 윤제 겨드랑이에 코를 묻으며 꼬리를 살랑거렸다.

"야 김제순, 오빠가 어떻게 하면 좋겠냐? 이 대답도 못 하는 바보 같은 년아!"

윤제는 제순이를 저만큼 밀었다. 제순이가 다시 윤제 팔

밑으로 기어들었다.

'엄마, 엄마는 아이들 얘기만 해도 지레 놀라 자빠질 거다. 아빠, 소리나 빽빽 지르겠지. 형, 용호보다 어린 형이 뭘 어떻게 할 수 있을까? 영진이 형, 형은 내가 그런 애들하고 어울렸다는 걸 알면 실망할 거야.'

윤제는 지금 자기를 도와줄 사람이 아무도 없다는 게 몹시 슬펐다. 아무리 빠져나갈 궁리를 해 봐도 좋은 수가 없었다. 그렇다면 차라리 깨끗하게 한번 나가 주는 게 나을 것 같았다. 윤제가 신발을 신으려고 하자 제순이가 꼬리를 치며 깽깽댔다. 윤제는 제순이를 쓰다듬으며 말했다.

"제순아, 오빠 지켜 줘!"

비척걸음으로 공터를 지나는데 대현이 할아버지가 있는 방 창문에 또 아이들이 붙어 있었다.

"야, 비켜. 보지 말란 말이야!"

윤제가 소리를 지르며 아이들 뒤통수를 한 대씩 때렸다. 아이들이 달아났다.

"야 너네들, 한 번만 더 들여다보면 죽을 줄 알아."

윤제가 다시 한번 고함을 치자 윤제 목소리를 들은 기철이가 달려왔다. 윤제는 못 본 척하며 걷다가 말했다.

"야, 넌 왜 따라와?"

"그냥."

"따라오지 마."

"왜?"

윤제 뒤를 따라오던 기철이가 겸연쩍게 웃었다. 기철이가 웃는 모습을 보니 윤제는 갑자기 기철이한테라도 의지하고 싶은 생각이 들었다. 윤제가 다시 걷자 기철이가 또 뒤를 따랐다.

놀이터 가로등 밑에 용호가 서 있었다. 그런데 생각지도 않은 경우가 나타났다. 경우는 윤제와 기철이를 보고 놀라고, 윤제는 경우를 보고 놀랐다.

사실 윤제는 경우한테 미안한 마음을 갖고 있었다. 중화관에 있을 때 용호가 친구를 데려오라고 윽박지르는 바람에 경우를 꼬여서 데려가지 않았던가. 결국 경우는 윤제 때문에 자기 엄마한테 죽도록 맞았다. 그 뒤로 경우는 윤제만 보면 피했다. 그런데 이번에는 용호가 어떻게 알고 경우를 불러온 것이다.

'비겁한 새끼! 경우까지 불러내다니⋯⋯.'

윤제는 속이 끓어올랐다. 할 수만 있다면 용호를 그 자리에서 때려눕히고 싶었다. 용호가 기철이 얼굴을 보더니 픽 웃으며 턱으로 가리켰다. 윤제는 대답하지 않았다.

"얘, 윤제 형 꼬붕이에요."

경우가 대신 대답했다. 용호가 기철이를 쏘아보고는 입을 열었다.

"야, 사실은 이 형님이 좀 어렵거든. 그러니까 딱 한 번만 너네가 도와주라. 아이, 존나 재수 없게 배달 가다가 사고를 쳤는데, 이게 좀 필요해."

용호가 엄지와 검지 손가락을 둥글게 해서 들어 보였다.

"해일이랑 준섭이 녀석은 몇 번 파출소에 끌려갔던 놈들 이라 안 돼. 너하고 너가 좀 도와주라. 하는 건 내가 할 테니 까 망만 봐 주면 돼."

윤제는 대답하지 않았다. 이미 용호 손아귀에 든 이상 대 답을 하든 안 하든 상관이 없다는 것을 알기 때문이다. 윤제 는 자기 옆에 바짝 붙어 서서 턱을 치켜들고 서 있는 기철이 의 손을 슬그머니 잡았다.

"가자."

용호는 벌써 도둑질할 곳을 정해 둔 것 같았다. 경우가 윤 제를 흘낏 쳐다보더니 용호 뒤를 비척비척 따라갔다.

'치사한 놈! 그래, 딱 한 번이다!'

윤제는 이것으로 용호하고 영영 끝내고 싶었다.

"형, 딱 한 번만이에요."

윤제는 다시 한번 다짐을 받고 싶어서 용호에게 말했다.

용호가 뒤돌아보며 고개를 끄덕였다. 기철이가 윤제 뒤를
바짝 따랐다.

오해

윤제가 파출소에 잡혀 있다는 소식이 들린 건 밤 10시가 넘어서였다. 아버지는 일찍 잠이 들었고, 엄마는 막 일을 마치고 집에 들어오던 참이었다.

파출소에 도착한 엄마는 가슴이 철렁 내려앉았다. 아들 형제가 함께 있었기 때문이다. 우연이라고 하기에는 참 기막힌 노릇이었다. 용호가 며칠 동안 돌아다니며 도둑질할 곳으로 정한 데가 하필이면 바로 혁제 친구인 진우네 집이었다. 그동안 진우가 학원에 갔다가 늦게 들어왔기 때문에 늘 불이 꺼져 있었고, 단독 주택이라 담이 낮아서 용호의 표적이 되었던 것이다.

공교롭게도 진우와 혁제가 함께 학원을 마치고 진우네 집에 가기로 한 날이었다. 웬 아이들이 문을 따는 걸 본 옆집 사람이 신고를 했고, 경찰차가 온 바로 그때 학원에서 돌아온 진우와 혁제가 아이들과 마주친 것이다. 혁제는 윤제가 잡혀가는 것을 보고 엉겁결에 동생을 따라왔다.

"참 귀신 같은 녀석들입니다. 글쎄, 철사로 이렇게 열쇠를 만들었어요. 정말 못 말릴 녀석들입니다."

아이들을 조사한 경찰관이 납작해진 철사를 보여 주었다.

"아이들이 미성년자인데다 아직 범죄 사실이 없기 때문에 합의만 이루어지면 경찰서로 넘어가지 않고 풀려날 수 있습니다."

경찰관의 말을 들은 엄마는 진우 엄마가 제주도에서 돌아오기만을 애타게 기다렸다. 다행히 진우 엄마는 바로 다음 날 집으로 돌아와 파출소에 왔다.

"세상에 어디 도둑질할 데가 없어서 자기 형 친구 집에서 도둑질을 하려고……."

진우 엄마가 윤제를 쏘아보았다.

"형은 저렇게 착한데 동생은 어쩜……."

진우 엄마가 어처구니없다는 듯 혀를 끌끌 찼다. 엄마는 얼굴이 노래져서 어떻게 해야 할지 갈피를 못 잡고 덜덜 떨고만 있었다.

"아주머니, 어떻게 할까요? 합의가 이루어지지 않으면 아이들을 경찰서로 넘겨야 합니다."

경찰관이 진우 엄마에게 물었다. 엄마가 진우 엄마의 손을 덥석 잡았다.

"진우 엄마요, 한 번만 용서해 주소. 이게 다 어미가 못나서……."

엄마가 말끝을 잇지 못하고 더듬거렸다. 그리고 옆에 서 있는 혁제의 소매를 끌어당겼다.

"혁제야, 너도 얼른 빌어. 니 동생 용서해 달라고."

그러나 혁제는 입을 굳게 다물고 있었다. 혁제는 이번만 엄마가 함께 가서 진우 엄마한테 사정해 보자고 해서 마지못해 따라온 것이었다.

"진우 엄마요, 우리 혁제를 봐서라도……. 이놈아, 얼른 잘못했다고 빌어."

엄마가 혁제의 등짝을 후려쳤다.

"됐어요. 혁제가 무슨 잘못이 있어요. 다행히 없어진 물건은 없으니 그만하세요. 경찰 아저씨, 애들을 풀어 주세요. 우리 아들 친구를 봐서 용서하겠습니다."

"잘 생각하셨습니다. 그럼 서류에 서명을 하고 가십시오."

엄마는 숨이 터지는 것 같았다. 고맙다는 말을 해야 하는데 혀가 바짝 타서 말이 나오지 않았다. 엄마는 진우 엄마 앞에 가서 연신 고개만 숙였다.

진우 엄마가 떨고 있는 엄마의 손을 먼저 잡았다.

"혁제 어머니, 힘내세요. 착한 형이 있으니 동생도 이제는 안 그러겠지요. 저도 자식을 키우는데 왜 혁제 엄마 마음을 모르겠어요."

엄마의 눈에 눈물이 맺혔다.

진우 엄마가 일단 용서해 주었지만 문제는 그렇게 간단하지가 않았다. 미성년자들이 저지른 범죄는 합의가 이루어졌다고 해도 아이들 부모가 모두 와서 자기 아이를 데려가는 절차를 마쳐야 한다고 했다.

전화를 받고 용호 아버지가 왔다.

"야 이놈아, 공부하기 싫으면 짜장 배달이라도 착실하게 해서 먹고살아야지 도둑질을 해? 이 새대가리 같은 놈아……."

용호 아버지는 문을 열고 들어오자마자 다짜고짜 욕을 퍼부었다.

"에이 씨, 쪼다가……."

용호도 아버지를 보고 화를 내며 입속으로 말을 씹었다.

엄마는 마을로 돌아가서 기철이 아버지와 경우 엄마를 찾아갔다. 그런데 두 사람 다 눈도 깜빡하지 않았다.

"기철이 그놈, 한번 혼쭐이 나야 다신 안 그럴 겁니다. 그대로 살게 놔둬요. 어차피 그놈, 집에 와도 내 손에 맞아 죽을 테니……."

"기철이 아버지요, 우리 아를 생각해서 한 번만 봐주소."

아무리 사정을 해도 듣지 않자 엄마는 아예 기철이 아버지 앞에 무릎을 꿇고 빌었다. 다행히 기철이 아버지는 마음을 돌렸지만, 경우 엄마는 문 안에 발도 못 들여놓게 펄펄 뛰었다.

"이년아, 니 새끼가 내 아들 신세까지 망쳤으니 니가 책임져야지 어디 와서 주둥이를 놀려! 한 번이면 나도 이런 말 안해. 지난번에도 그 못된 놈이 우리 애를 꼬여 내서……."

엄마는 갖은 욕설과 수모를 당하면서 경우네 문 앞에 서 있었다.

"경우 엄마, 자식 잘못 키운 내가 죄인이니 한 번만 살려주소."

경우 엄마도 지독했다. 엄마가 날이 어둡도록 문 앞에서 애면글면해도 한결같았다. 엄마는 경우 엄마가 이해되기도 했지만, 경우도 잡혀 있는 상황에서 너무하는 것 같아 화가 치밀었다. 문을 열고 한바탕 욕이라도 퍼부어 주고 싶었지만, 어쨌든 윤제를 데리고 와야 된다는 생각에 꾹 참고 빌고 또 빌었다.

결국 경우 엄마가 마음을 돌려서 파출소에 간 것은 늦은 밤이었다.

엄마는 윤제를 데리고 파출소 마당을 나오자 속이 끓어올라 참을 수가 없었다. 다짜고짜 윤제 등짝을 내리쳤다.

"이놈의 새끼야, 아주 죽어 뿌래라! 엄마가 그렇게 말했는데 왜 또 도둑놈들하고 어울려서……."

엄마의 이빨 부딪치는 소리가 딱딱 들렸다.

'어떻게 이런 게 내 속에서 나왔나?'

자식은 애물단지라더니 그 말이 딱 맞는 것 같았다. 그렇게 밉고 또 미워서 두들겨 팼지만, 어깨가 축 처져 있는 아들을 보니 남들 자식에 비하면 아무것도 해 준 게 없다는 생각에 마음이 아팠다.

집으로 돌아온 윤제를 보고 제순이는 팔딱팔딱 뛰며 깨갱거렸지만 아버지는 못 본 척 돌아누워 있었다.

"너, 따라나와!"

혁제가 윤제를 끌고 밖으로 나갔다. 엄마는 혁제의 부릅뜬 눈을 못 본 척했다. 마음은 아팠지만 자신이 끼어들 일이 아닌 것 같았다. 윤제를 보면 윤제가 불쌍하고, 혁제를 보면 무람없는 동생 때문에 마음고생을 하는 혁제가 불쌍했다.

'설마 지 동생인데 죽이기야 하겠나. 지도 속이 상하지.'

그래도 오늘 저녁 이런 상황에서 남편이 참고 있는 게 고마웠다. 집으로 오면서도 엄마 마음은 애들 아버지 때문에 불안했었다. 분명히 동네가 들썩하도록 윤제를 두들겨 패고 난리를 피울 거라고 생각했기 때문이다.

하우스 뒤쪽 도로 옆에 건물을 짓는 공사판이 있었다. 어두운 공사판 옆으로 윤제를 끌고 간 혁제는 윤제를 건물 구석에 몰아세웠다. 그리고 윤제의 뺨을 갈겼다.

"야 이 새끼야, 왜 하필 진우네 집이야? 이 나쁜 새끼야!"

혁제가 꽉 다문 이빨 사이로 소리를 죽여 가며 분을 토해 냈다.

"나는 몰랐단 말야!"

윤제가 얻어맞으며 소리쳤다.

"이 새끼가 거짓말까지……."

"형, 정말이야. 난 몰랐어."

"형이라고 부르지도 마, 이 새끼야!"

얼마나 맞았는지 윤제는 그 자리에 널브러졌다.

"일어나, 이 새끼야! 똑바로 못 서!"

윤제는 얻어맞으면서도 형의 오해를 풀어 줄 수 없어서 답답했다. 윤제는 속울음을 삼키며 하늘을 쳐다보았다. 별 하나 없는 검은 하늘이 까마득하게 보였다.

다음 날, 옆집 영진이가 윤제를 불렀다.

"윤제야, 우리 집에 와. 형하고 같이 공부하자."

윤제는 생각지도 못한 말에 우물쭈물하며 영진이네 집으로 갔다.

"김윤제, 이제부터 형이 너 공부 가르쳐 줄게."

영진이가 씩 웃으며 말했다. 대학생이 되더니 더 멋있어 보였다.

"윤제야, 왜 형이 너한테 공부를 가르쳐 주려고 하는지 아니?"

영진이가 부드러운 목소리로 말했다.

"그건 말야, 공부가 인생의 전부는 아니지만 학생의 전부이기 때문이야. 윤제야, 공부해야 돼. 그래야 꿈을 꿀 수 있고, 그 꿈을 이룰 수 있는 거야. 네가 우리 아버지 경찰서에 잡혀가던 날 나한테 말했잖아. '형, 내가 돈 많이 벌어서 형 줄게.' 하고. 바로 그 전엔 정말 죽고 싶은 심정이라는 게 이런 거구나 하는 생각이 들었어. 그런데 네가 내 뒤에 와서 한 말에 용기가 생기더라. '그래, 윤제 말처럼 나도 이다음에 돈 많이 벌면 되잖아. 더 열심히 공부해서 부모님 은혜에 보답해야지, 내가 왜 이렇게 실망하고 있지?' 하면서 정신이 번쩍 들더라고. 자식, 너 돈 많이 벌려면 공부해야 돼. 김윤제, 형은 네가 좋아. 공부 잘하면 더 좋고……. 너 형한테 한 말이다음에 꼭 지켜라."

영진이가 자기 머리를 윤제 머리에 대고 비비며 웃었다.

엄마는 영진이가 윤제에게 공부를 가르쳐 주기로 했다는 소식을 듣고 고마워서 어쩔 줄 몰라 했다.

"여보, 영진이가 우리 윤제를 가르쳐 준다잖소."

"대학생이 어데 공다지로 가르쳐 주겠나. 뭘 좀 줘야지."

아버지는 돈 걱정부터 앞서는지 이마를 찌푸렸다.

토요일에 윤제는 영진이를 따라 영진이가 다니는 학교에 갔다. 윤제는 높다란 학교 건물도 멋있고 책을 안고 다니는 대학생들도 멋있어 보였다.

영진이가 친구들에게 윤제를 소개했다.

"야 오영진, 꽃마을에는 꽃미남들만 사나 봐. 윤제 정말 잘생겼네."

어떤 여학생이 영진이를 보고 활짝 웃으며 말했다. 윤제는 가슴이 찔끔했다.

'저 누나가 꽃마을이 비닐하우스라는 걸 알고 있을까?'

"그럼, 꽃마을 하우스는 원래 꽃을 가꾸는 곳인데 사람인들 멋있게 못 가꾸겠냐?"

윤제는 영진이가 꽃마을 하우스에 사는 것을 떳떳하게 말하자 깜짝 놀랐다. 형도 혜미도 그리고 윤제 자신도 꽃마을 하우스에 사는 걸 창피하게 생각하기 때문이다. 어쩌면 형과 혜미 그리고 자기는 진실하지 못한 가면을 쓰고 있는 것 같아서 몹시 부끄러웠다.

'공부가 인생의 전부는 아니지만 학생의 전부야!'

윤제는 영진이가 하던 말을 다시 한번 떠올려 보았다.

'열심히 공부하자! 그래서 영진이 형처럼 멋진 대학생이 되자!'

머릿속으로 미래의 모습을 그려 보자 가슴이 벅차올랐다.

굿

엄마는 윤제가 열심히 공부하는 모습을 보면서도 늘 불안했다. 금방 무슨 일이 일어날 것처럼 가슴이 두근거리기도 하고 어떤 땐 심장이 죄어 오는 것처럼 아프기도 했다.

"아줌마, 그렇게 불안해하지 말고 같이 가요. 그 동자보살은 족집게라니까요. 문 안에 발만 척 들여놔도 왜 왔는지 대번에 알아요. 대현이 아빠가 저렇게 술만 처먹으면 지랄을 해도 쉰만 넘기면 괜찮대요."

"거기가 어딘데?"

엄마는 솔깃해서 대현이 엄마를 따라 무당집을 찾아갔다. 2호선 지하철을 타고 서울대입구역에서 내려 마을버스로 갈아탔다. 언덕길을 올라 좁은 골목을 돌아서니 유리문에 '동자보살'이라고 쓰인 집이 보였다. 문 옆에 세워 둔 대나무에는 때에 전 헝겊 조각들이 묶여 있었다.

대현이 엄마가 문을 열자 퀴퀴한 냄새가 향 타는 냄새에 섞여서 역겹게 풍겨 나왔다. 좁은 부엌에는 찬장이 하나 덩그러니 놓여 있고 선반 위에는 바구니 몇 개가 올려져 있었다. 부엌 바닥에 있는 수도꼭지에서 물이 똑똑 떨어졌다. 신발이 한 켤레만 있는 걸 보니 손님은 없는 것 같았다.

"어이구, 서방하고 자식 때문에 속이 썩어서 문드러졌구나, 퉤퉤."

문을 열자마자 목소리부터 튀어나왔다. 엄마가 놀라서 멈칫했다. 방 안에는 한복을 입은 무당이 소반 위에 쌀알을 흩뜨리고 아이들이 장난을 치듯 집게손가락으로 세고 있었다.

"우리 동자님이 자네들 온 이유를 벌써 알려 주셨네. 어여 속 썩이는 인간 생년월일과 태어난 시를 말해 봐."

무당이 엄마 얼굴을 빤히 쳐다보며 묻자 대현이 엄마가 옆구리를 꾹 찔렀다.

"아, 예. 둘째 아 생일이……."

엄마는 윤제의 생일과 태어난 시각을 또박또박 말했다. 무당은 방울을 흔들며 중얼거렸다.

"어허, 동자님······ 지나온 일 살아갈 일 아낌없이 숨김없이 다 알려 주사이다."

무당은 "주사이다." 하는 소리와 함께 쌀알을 모아 쥐더니 다시 소반 위에다 홱 뿌렸다.

"아이고, 원통해라. 못다 먹고 못다 입고, 노자 없어서 저승길도 못 가고 구천을 떠도네. 청춘에 죽은 귀신이야. 청춘 귀신이 씌었어. 잘 생각해 봐. 집안에 처녀로 죽었거나 총각으로 죽은 사람이 없는지."

무당이 실눈을 감으며 상 위에 흩어진 쌀알들을 요리조리 가르더니 톡톡 쳤다. 엄마는 양미간을 찌푸리고 골똘히 생각했다.

'청춘에 죽은 귀신이라? 청춘 귀신이라면······ 그래 맞다, 시누다.'

엄마는 손위 시누이가 돌림병에 걸려서 죽었다는 얘기를 언젠가 들은 기억이 났다.

"손위 시누가 여남은 살이 넘어서 뭔 병으로 죽었다는 말을 들은 적이 있는 것 같은데······."

"바로 그 귀신이야. 지금 내 눈에 보여. 팔짝팔짝 뛰는 게. 그 귀신이 붙었어. 쯧쯧쯧, 그대로 뒀다간 생목숨이 가지, 생목숨이 가."

146

무당이 혀를 끌끌 차며 안타까운 듯 바라보자 엄마는 가슴이 철렁했다.

"아이고 보살님, 뭔 방도가 있는지 가르쳐 줘요."

"댁네를 보니 형편은 알 만하고……. 석 달 열흘 새벽 불공에 산제사 한 번. 내 큰 인심 썼다. 딱 반 장만 받지. 다른 사람들 같으면 한 장은 받았어. 아들 살리려는 데 그만한 것도 못 하면 안 되지."

엄마는 그 자리에서 마음을 굳혔다.

'무슨 수를 써서라도 해야 한다. 돈이야 또 벌면 되지만 아를 살린다는데 뭔 일인들 못 하나?'

음력 5월 보름날. 엄마는 아버지 몰래 자리 밑에서 통장을 찾아 들고 은행으로 갔다. 은행에서 50만 원짜리 수표 한 장을 받아 쥐는데 손이 떨렸다.

'내가 뭣에 홀려서 헛돈을 처들이는 거나 아닌지 모르겠네. 아니지, 물에 빠지면 지푸라기라도 잡는다고, 듣지 않았으면 몰라도 내 귀로 들은 이상…….'

엄마는 돼지머리를 이고 무당을 따라 관악산으로 올라갔다. 달빛이 환했지만 바닥에 돌이 많아서 발을 잘못 디디면 돌부리에 걸리기 십상이었다. 팔에 힘을 주고 돼지머리를 꼭 잡았다. 이마와 등줄기에서 땀이 흘러내려 끈적거렸다.

"으윽, 아이쿠, 내 돼지 대가리!"

엄마가 돌부리에 걸려 넘어졌다. 엄마 손을 벗어난 돼지 머리가 산 아래로 데굴데굴 굴렀다.

"이런 이런, 조심하지 않고는……."

무당이 엄마에게 다가오며 혀를 찼다.

엄마는 허겁지겁 숲으로 뛰어 내려갔다.

"아이구, 저걸 어째, 저걸……."

잔가지가 얼굴과 목덜미를 할퀴는 것쯤은 문제도 되지 않았다. 다행히 돼지머리는 큰 나무둥치에 걸려 멈추었다.

"아이구, 대갈님!"

엄마가 덥석 돼지머리를 안았다. 뻐끔 뚫린 돼지 콧구멍에 손가락이 쑥 들어갔다. 굴러떨어지면서 보자기 한쪽 귀퉁이가 풀린 모양이었다. 엄마는 돼지 콧구멍에 묻은 흙을 정성껏 털어 냈다. 윤제를 살리는 데 이 돼지머리가 쓰인다고 생각하니 흉측한 돼지 콧구멍도 예쁘게 보였다.

돼지머리를 안고 올라가는데 나뭇가지에 긁힌 곳이 따끔거리고, 발목이 접질렸는지 발걸음을 옮길 때마다 시큰거리며 아팠다. 조금 더 올라가서 달빛이 쏟아져 내리는 바위 위에 돼지머리를 올려놓았다. 무당이 돼지머리 양쪽에 촛불을 켜 놓고 앉아서 방울을 흔들며 중얼거리기 시작했다. 엄마는 그 옆에서 쉴 새 없이 절을 하며 무릎을 꿇고 손바닥에서 싹싹 소리가 나도록 빌고 또 빌었다.

엄마는 굿을 끝내고 새벽 2시가 넘어서 집에 돌아왔다.

"이 여편네가 미쳤나? 오밤중에 어딜 쏘다니다 이제 와!"

아버지는 화가 잔뜩 나서 눈꼬리가 올라갔다 내려왔다 하면서 얼굴이 붉으락푸르락했다. 엄마도 각오는 하고 있었지만 아버지 얼굴을 보니 등줄기에서 진땀이 났다. 대꾸 없이 문을 열고 들어서는 엄마 뒤에서 와장창 소리가 났다. 부엌 바닥에 있던 세숫대야가 아버지 발길에 날아가 찬장에 부딪히면서 유리가 깨졌다.

"여보, 사람 말을 들어 보지도 않고……."

"말은 무슨……. 이년아, 니가 지금 제정신이나?"

아버지의 고함 소리에 혁제와 윤제가 벌떡 일어나 앉았다. 엄마는 겁에 질려 온몸을 떨었다.

"혁제 아버지요, 이웃 사람들 생각해서 좀 조용조용 말하소."

"지금 이웃 사람이 문제나. 니 똑바리 말해 봐라. 통장 돈은 어디다 썼나?"

아버지가 통장을 확인하지 않았을 리가 없었다.

"사실은…… 굿을 하고 왔소."

"뭐, 굿?"

"용한 무당이 있어서 물었더니 우리 윤제한테 당신 누이 귀신이 달라붙었다 해서⋯⋯."

"뭐라고? 이게 정신이 있나 없나!"

아버지가 엄마 뺨을 후려쳤다. 혁제가 벌떡 일어나서 아버지 팔을 잡았다.

"아 살릴라고 한 짓인데⋯⋯."

엄마가 아버지를 원망스레 쳐다보며 말했다.

"이놈의 새끼야, 꼴도 보기 싫어. 니 에미하고 당장 나가!"

역시 불똥은 윤제에게로 튀었다. 아버지는 윤제를 마구 두들겨 팼다.

"아버지, 왜 그래요. 그만해요."

혁제가 아버지를 막아섰다.

"뭐? 이놈의 자슥이. 놔! 안 놔? 이놈의 집구석 내가 오늘 박살을 내고 말 기다."

혁제가 뒤에서 아버지를 부둥켜안자 아버지는 두 눈을 희번덕이며 몸부림을 쳤다. 그리고 잡히는 대로 던지고 때려 부쉈다.

"엄마, 빨리 윤제 데리고 나가요."

혁제가 다급하게 소리쳤다.

윤제와 엄마는 그 틈에 문밖으로 달아났다. 아버지가 옆에 있던 전화통을 문 쪽으로 던졌다. 전화기가 윤제 머리에 부딪쳐 나가떨어졌다. 엄마와 윤제는 신발도 신지 못하고 달아났다. 공터까지 뛰었는데도 아버지의 고함 소리가 따라왔다.

"어디 보자, 괜찮나?"

윤제 뒤통수에 혹이 밤톨만큼 툭 튀어나왔다.

"엄마는 씨, 왜 그래?"

잠자다가 날벼락을 맞은 윤제가 화를 내며 식식댔다. 엄마가 윤제의 머리를 어루만지며 말했다.

"니 살릴라고."

"내가 뭐 죽었나? 쓸데없이……."

윤제가 입을 빼물고 툴툴거리는데 집 쪽에서 살림살이 부서지는 소리가 와장창 들렸다.

'아유, 저딴 게 아버지라고!'

윤제가 주먹을 쥐고 부들부들 떨자 엄마가 윤제의 어깨를 감쌌다.

"윤제야, 다 니를 위해서다. 엄마는 니만 탈 없이 잘 크면 된다."

"됐다고!"

윤제가 화를 내며 소리쳤지만 엄마는 떨고 있는 윤제의
손을 꼭 잡았다.

새대가리파

아버지에게 이상한 버릇이 생겼다. 요즘은 술만 취하면 윤제를 앞에 불러 앉히고 몇 시간씩 이야기를 했다. 그러다가 봄 꿩이 제 설움에 운다고, 이야기에 취해서 울기도 했다.

"윤제야, 도둑질하지 마라, 이 자슥아. 사람이 얻어먹어도 남의 걸 훔쳐서는 안 되잖나? 엄마가 니 때문에 관악산 꼭대기까지 돼지 대가리 이고 올라갔다잖나. 니 아빠 말 똑똑히 들거라. 이 아빠는 이래 살아도 도둑질은 안 했다. 아빠가 다섯 살 때 우리 어머이가 죽었다. 그런데 우리 아버지는 어디서 꼭 나만 한 머시마를 데리고 온 여자를 보고 엄마라 부르라고 하는데…… 그 머시마가 잘못을 해도 그 여자가 왜 머시마는 안 때리고 나만 부지깽이로 팼는지 모른다, 흐흐흑…… . 학교도 안 보내고 농사일만 죽도록 시키고, 흐흐흑…… . 이 아빠가 배기다 못해서 광산으로 도망친 게 몇 살 때인지 니 아나? 윤제야 이놈아, 니는 이 아빠를 모른다. 야 김윤제, 똑바리 앉아 봐, 인마. 사나새끼가 애비가 말을 하면 똑바리 앉아서 들어야지. 자, 이게 통장이다. 아빠가 새벽 인간 시장에 나가서 벌어 온 돈이고, 니 엄마가 청소부 해서 벌어 온 돈이다. 윤제야, 이젠 도둑질하지 마라. 정 도망가고 싶으면 이 통장 들고 가거라, 이놈아야. 그리고 남의 건 절대로 도둑질하지 말란 말이다. 그기 바로 신세 조지는 거다, 이놈아. 이 자슥이…… ."

"아빠, 그만 좀 하고 이제 자요."

윤제는 속이 불뚝거리고 올라와도 참고 있는데 혁제가 짜증을 냈다.

"뭐라고, 이놈이? 이놈이 다 키워 놓으니까 애비한테 소리나 빽빽 지르고…… . 이놈아, 니가 누구 덕에…… ."

아버지가 형한테로 돌아앉는 사이에 윤제는 얼른 밖으로 나왔다. 옆에 앉아 있으면 또다시 통장을 자리 밑에서 열두 번도 더 꺼냈다 넣었다 하며 혀 꼬부라진 소리를 해 댈 게 뻔했다.

'쳇, 맨성신일 때는 말도 못 하면서 꼭 술 취해서는…….'

윤제는 문 쪽을 힐끔 돌아보며 침을 탁 뱉었다. 처음엔 아버지의 이야기를 들으며 아버지가 불쌍하다는 생각도 했다. 그런데 이런 일이 몇 번이나 되풀이되다 보니 이제는 아버지가 술에 취해 이름만 불러도 생짜증이 났다.

윤제는 공터로 나와 평상에 걸터앉았다. 가로등으로 달려드는 하루살이와 나방들이 성가시고 하수구 냄새에 속이 메슥거렸다.

"야 김윤제, 오랜만이다."

태욱이였다. 지난번에 얻어맞고 처음 보는 거였다. 늘 이마를 덮고 있던 머리가 짧아졌을 뿐 싸늘하게 웃는 모습은 여전했다. 태욱이를 본 순간 윤제는 가슴에 분이 치받치며 열이 올랐다.

'저 새끼!'

윤제는 벌떡 일어나며 다가오는 태욱이를 다짜고짜 냅다 찼다. 언제든 한번 붙어 보리라 마음먹고 있던 참이었다. 기습을 당한 태욱이가 뒤로 벌렁 넘어졌다. 윤제는 기회를 놓치지 않고 태욱이가 자기한테 했던 대로 태욱이 배를 깔고 앉아서 정신없이 주먹을 날렸다. 태욱이에게 얻어터지던 일, 아버지에게 쫓겨나 중화관 형들한테 끌려가서 도둑질하던 일들이 떠올랐다.

"너 때문이야. 다 너 때문이야, 이 새끼야!"

윤제는 이를 악물었다. 무방비 상태에서 당한 터라 태욱이는 더 이상 힘을 쓰지 못하고 축 늘어졌다.

"일어나. 덤벼 봐, 인마."

윤제가 태욱이를 잡아 일으키려고 멱살을 잡았다. 그러나 태욱이는 땅바닥에 누운 채 힘없이 웃고 있었다. 윤제는 깜짝 놀랐다.

"윤제야, 나 본드 했어."

"본드?"

윤제는 가슴이 철렁했다. 말로만 듣던 본드였다.

"그래, 이거."

태욱이가 바지 주머니에서 비닐에 싸인 주먹만 한 본드 뭉치를 꺼내 들어 보이며 횡설수설했다.

"나 너한테 얻어맞아도 하나도 안 아파. 아니야, 그냥 마음만 조금 아프지. 나 새대가리파야. 두목 그 새끼가 새대가리거든. ……우리 아빠 감방 가고 참을 수가 없었어. 아니야, 그런 얘기가 아니야. 오늘 그 개새끼가 일 가자고 나오라는 거야. 그런데 혜미 계집애가 눈치를 채고 못 나가게 하잖아."

"혜미가?"

혜미 얘기가 나오자 윤제가 재빨리 되물었다.

"참, 혜미 그 계집애 말이야, 하우스에 사는 게 되게 쪽팔리나 봐. 그 계집애가 세상에서 제일 싫어하는 게 아빠거든. 감방 가 있는 우리 아빠 말이야. 아니, 정혜미네 아빠. 걘 나하고 엄마는 다른데 아빠는 같거든. 웃기지? 배다른 남매라나, 히히히. 그런데 그 계집애가 우리 집에 온 뒤로 시시콜콜 나를 간섭하면서 아빠처럼 되지· 말라는 거야…… 계집애. 개네가 살던 하우스는 박살 나고 개네 엄마는 멀리 돈 벌러 갔어. 그 계집애 독종이야. 두목한테도 막 대들어, 흐흐흐……. 그런데 나 오늘 안 나가면 내일 두목한테 죽었다. 야, 그 두목 새끼 되게 악질이야. 그 새끼가 그렇게 꼴통이니까 개네 아빠가 새대가리라고 했겠지, 히히히. 그래서 새대가리파야. 새, 대, 가, 리."

'혜미가 태욱이랑 남매라고?'

윤제는 태욱이 아버지하고 혜미 아버지가 같은 사람이라는 말을 듣고 어리둥절했다.

오늘 밤 태욱이는 여느 때하고 달랐다. 잔뜩 폼을 잡고 할 말만 딱딱 끊어서 하던 평소의 태욱이가 아니었다. 아마 본드 때문인 것 같았다.

"김윤제, 난 네가 좋았어. 하우스 새끼들은 내 얘기만 들어

도 빌빌 기는데 넌 용감해. 나 지금 가야 된다. 안 그러면 죽
거든……."

"어디로?"

"화물터미널역."

태욱이가 일어나더니 걸음을 옮겼다. 그러나 몇 걸음 못
가서 머리를 움켜쥐고 또 그 자리에 앉았다.

"내가 갈까?"

윤제는 태욱이가 용감하다고 한 말에 괜히 우쭐해졌다.
태욱이를 호랑이라고 생각했는데 잡고 보니 가엾은 고양이
라는 생각도 들었다. 윤제는 문득 이 기회에 자기가 어떤 아
이인지 확실히 보여 주고 싶은 욕심이 일었다.

"안 돼! 그 새끼들 얼마나 악질인데……."

태욱이가 벌떡 일어나며 말했다. 그러나 곧 다시 그 자리
에 주저앉아서 고통스러운 표정을 지었다. 윤제는 덜컥 겁
이 났다. 혹시 자기가 잘못 때려서 태욱이가 죽으면……?

윤제는 조심스레 태욱이를 흔들었다.

"야, 괜찮아?"

"응."

태욱이가 윤제를 잡고 얼굴을 찌푸리며 일어섰다.

"집에 데려다줄게."

"안 돼, 가야 돼."

"내가 간다니까!"

큰소리를 쳤지만 한밤중에 혼자서 간다는 건 아무래도 불안했다.

"어머, 태욱아! 왜 그래?"

태욱이네 집에 들어서니 혜미가 깜짝 놀라서 눈을 동그랗게 뜨고 나왔다. 혜미를 보자 윤제는 갑자기 자기가 대단한 일이라도 하러 가는 것처럼 여겨졌다. 그래서 혜미를 똑바로 쳐다보며 힘주어 말했다.

"혜미야, 태욱이보고 내가 대신 갔다고 말해 줘."

혜미가 어리둥절한 표정으로 윤제를 바라보자 윤제는 얼굴이 발개져 얼른 뛰어나왔다.

밤이 깊었는데도 도로 위의 자동차들은 불빛을 토해 내며 끊임없이 달리고 있었다. 불빛을 따라 걸으며 생각해 보니 자기가 앞뒤 가리지 않고 한 말이 너무 무모한 것 같았다. 화물터미널역에서 태욱이 대신 만나야 할 사람이 누군지도 모르고, 또 만나서 무슨 일을 해야 하는지도 모르면서 괜한 객기를 부렸다. 그러나 일단은 자신이 한 말을 지키려면 최소한 약속 장소까지는 갔다가 돌아와야 된다고 생각했다.

화물터미널역은 한산했다. 화물터미널이 곧 양재동으로

옮겨 가고 이 역이 남부터미널역으로 바뀐다는 소문을 들은 기억이 났다. 지난가을 용호를 따라 이곳을 기웃거리고 다니던 일과 기철이를 기다리다가 엄마한테 잡혀 끌려가던 일도 생각났다. 윤제는 계단을 내려가 매표소 앞쪽을 몇 번 왔다 갔다 하다가 곧 돌아섰다. 어차피 여기까지만 왔다 가는 게 목적이었으니 이제 돌아가면 될 것 같았다.

막 계단을 올라가려는데 뒤에서 목소리가 들렸다.

"너 태욱이 아니?"

뒤돌아보니 윤제보다 서너 살 많아 보이고 머리를 노랗게 물들인 남자였다.

"네."

"태욱이가 가라고 했니?"

"네."

"그럼 따라와."

윤제는 생각할 겨를도 없이 엉겁결에 대답을 하고 말았다. 덜컥 겁이 났지만 그렇다고 이제 와서 돌이킬 수도 없어 쭈뼛쭈뼛 뒤를 따랐다. 노란 머리는 가끔 윤제가 따라오는지 뒤를 돌아보며 걸어갔다. 윤제는 마음이 불안했지만 다른 한편으로는 약간 설레기도 했다. 태욱이가 새대가리파 부두목이라면 자기도 이번 기회에 그 조직에 들어가서 멋있게 폼을 잡고 싶다는 생각도 들었다.

'두목은 누굴까?'

영화에서 본 의리 있는 조직들의 모습들이 눈앞을 스쳐
갔다.

"나는 형기야. 넌 이름이?"

"윤제요, 김윤제."

윤제는 대답을 하면서도 생각은 들떠 있었다.

'내가 만약 조직의 두목이 된다면 멋진 집에서 멋진 자동
차를 타고…… 엄마 아빠를 태우고……. 아니야, 아빠는 안
돼, 아빠는……. 그렇지, 우리 형이랑 영진이 형도. 영진이
형, 난 형을 죽어도 안 잊을 거야!'

앞서 가던 형기가 낯익은 골목으로 접어들었다. 생각에
빠져 있던 윤제는 그제야 정신이 번쩍 들었다.

'뭐야, 여긴 중화관 골목이잖아? 그럼……?'

방금 전까지 행복했던 상상은 순식간에 사라지고 빨리 도
망쳐야 한다는 생각만 들었다. 윤제는 돌아서서 반대쪽을
향해 후닥닥 뛰었다. 뒤에서 형기가 쫓아오는 소리가 들렸
다. 윤제는 이를 악물고 뛰었다. 그러나 얼마 가지 않아 형기
에게 뒷덜미를 잡히고 말았다. 윤제가 끌려간 곳은 짐작대
로 중화관 골방이었다.

"어, 김윤제!"

용호가 뜻밖이라는 표정을 짓자, 옆에 있던 해일이와 준섭이가 빙긋 웃었다. 형기가 어리둥절해서 물었다.

"형 아는 애야?"

"응. 근데 얘가 어떻게 왔지?"

"몰라, 태욱이가 보냈대."

용호가 고개를 갸웃했다. 윤제는 용호를 보자 분한 마음에 눈물이 나왔다.

"형, 나 집에 보내 줘요."

"이게!"

형기가 손바닥으로 윤제의 목덜미를 내리쳤다.

"야, 놔둬. 이 새끼 마마보이야."

용호의 말에 아이들이 킥킥댔다.

"야, 네 발로 찾아왔으니까 일 끝날 때까지 신경 쓰이게 하지 말고 가만히 있어!"

용호가 윤제를 쏘아보며 말했다.

"야, 너도 이거 해. 본드 귀신이 펄펄 날게 해 줄 거야."

형기가 주먹만 한 본드 뭉치를 윤제에게 던졌다. 윤제는 본드 뭉치를 손에 든 채 아이들을 바라보았다. 용호와 해일이, 준섭이가 비닐을 덮어쓰고 본드를 코에 대고 있었다. 윤제는 이곳을 벗어날 방법을 요리조리 궁리해 보았다. 하지만 혼자서는 도저히 네 명이나 되는 아이들을 이길 수가 없는 데다, 용호의 괴팍한 성격을 아는 터라 속절없이 속만 바짝바짝 태웠다.

"자, 가자."

한참 동안 본드를 하던 용호가 히죽이 웃으며 일어나더니 아이들 머리를 툭툭 쳤다.

"야, 이 새끼 태욱이 대신 망 세울 수 있냐? 오늘은 해일이 네가 망봐."

용호 입에서 본드 냄새가 확 풍겨 왔다.

"씨발, 오늘 제대로 걸리면 철가방 땡인데……."

윤제는 용호가 도둑질하러 간다는 것을 눈치챘다. 윤제는 엄마 손에 이끌려 자수하러 갔을 때 눈을 부라리며 야단치던 경찰과 수갑을 채워 털보 아저씨를 끌고 가던 경찰이 생각났다. 온몸이 부르르 떨렸다.

앞서가던 용호가 슈퍼마켓 앞에서 멈춰 섰다. 가게 셔터가 내려져 있었다. 도로변이라 지나다니는 자동차 불빛에 가게 안이 훤히 보였다.

"자, 뒷문으로."

해일이는 망을 보기 위해 길가에 남고 용호가 앞장을 섰다. 형기가 윤제를 자기 앞에 세웠다. 그 뒤를 준섭이가 따랐다. 건물과 건물 사이에 있는 좁다란 골목으로 들어갔다. 그곳에도 셔터가 내려진 작은 문이 있었다. 아이들이 담벼락에 붙어 서자 용호가 문 앞으로 바짝 다가앉아 자물쇠를 열려고 애를 썼다. 그러나 잘 열리지 않는 모양이었다.

"형, 쇠톱."

형기가 용호 뒤로 다가가며 작은 소리로 말했다. 준섭이가 문 가까이 다가앉았다. 곧바로 싹싹싹싹, 쇠톱 소리가 났다. 형기가 윤제에게도 쇠톱을 하나 내밀고는 어깨를 눌러앉히며 자르라는 시늉을 했다. 형기가 문고리 한쪽을 자르기 시작했고 윤제도 옆에서 잘랐다.

마침내 쇠로 된 문고리가 잘려 나갔다. 셔터를 올리고 가게 안으로 뛰어든 아이들이 비닐봉지에 물건을 담기 시작했다. 윤제도 허둥대며 형기가 던져 준 봉지에 물건을 담았다. 용호는 계산대 옆에 놓인 금고를 검은 비닐봉지로 쌌다.

"튀어!"

나지막하면서도 단호한 용호의 명령에 아이들이 밖으로 뛰어나갔다. 휙휙 나는 것처럼 빨랐다. 윤제는 아이들 뒤를 따라가면서도 금방 경찰차가 앵앵거리며 쫓아올 것 같아서 정신이 하나도 없었다.

윤제는 온몸이 땀으로 흠뻑 젖었다. 아이들은 킥킥대며 훔쳐 온 물건들을 방바닥에 쏟았다. 과자, 사탕, 통조림, 초콜릿 따위가 흩어졌다.

"나 이제 가면 안 돼요?"

"네 맘대로 해. 이거 가져가고 싶으면 가져가고."

용호가 턱으로 바닥에 나뒹구는 물건들을 가리키며 대답했다. 윤제는 주머니에 과자를 쑤셔 넣고 재빨리 나왔다. 어둠 속을 마구 달려서 집 앞에 다다르니 엄마가 근심 가득한 얼굴로 제순이를 안고 서성이고 있었다.

"윤제야!"

윤제는 대답 대신 제순이를 받아서 품속에 안았다.

영진이 방에서 불빛이 새어 나오고 있었다.

'영진이 형, 미안해!'

태욱이

학교에 갈 시간이 지났는데도 윤제는 일어나지 못했다. 귀에서 경찰차의 사이렌 소리가 요란하게 울렸다. 아이들이 휙휙 지나갔다. 경찰 방망이가 머리통을 내리쳤다. 머리통에서 철거덕 쇳소리가 났다. 경찰의 얼굴이 용호였다가 형기였다가 헷갈렸다.

"쯧쯧……, 다 큰 것 같아도 아직 마음은 여려지. 당신이 아를 잘 보고 있다가 열이 더 나면 병원에 데리고 가소."

엄마가 일을 가면서도 안심찮은 얼굴로 아버지에게 당부를 했다. 아버지는 윤제의 바싹 마른 입술에 연신 물을 떠 넣으며 안절부절못했다. 윤제는 아버지의 그런 모습을 보며

까무룩 잠이 들었다가 깨어났다. 사방이 고요했다. 마치 한
바탕 거센 바람이 훑고 지나간 것처럼 고요하고 평온했다.

"윤제야, 괜찮나?"

창틈으로 들어온 햇살에 눈이 부셨지만, 윤제는 근심 어
린 눈빛으로 자기를 내려다보고 있는 아버지를 보았다. 아
버지의 목소리가 포근하게 들렸다.

'아빠가 나를 사랑하고 있을까?'

윤제는 실눈을 뜨고 아버지를 올려다보았다. 아버지가 윤
제 손을 잡았다.

'니 도망가고 싶으면 통장 들고 가거라.'

아버지가 언젠가 했던 말이 생각났다. 어쩌면 그 말을 하
던 아버지 마음이 진심일지도 모른다는 생각이 들었다.

'노랑이 아빠가 정말 통장을 줄까? 아니야, 형 학원비도
아까워서 발발 떠는데……'

다시 생각이 거기에 미치자 윤제는 슬그머니 아버지 손을
놓고 돌아누웠다.

다음 날, 학교에서 집으로 돌아오는데 스쿠터를 탄 형기
가 길목에서 기다리고 있었다.

"야, 너 어제 어디로 토꼈어? 뒤에 타."

윤제는 정말 미칠 것 같았다. 형기가 윤제를 노려보다가 윤제 어깨를 끌어당겼다.

"놔요!"

윤제는 절대로 다시 끌려갈 수는 없다고 생각했다. 윤제가 완강하게 버티자 형기가 스쿠터에서 내리더니 윤제 가방을 빼앗아 스쿠터 손잡이에 걸었다.

"놔요, 놓으란 말이야!"

윤제가 소리를 지르며 발버둥을 치자 형기가 주먹으로 윤제 옆구리를 연거푸 쳤다. 윤제가 그 자리에 주저앉자 다시 끌어다 스쿠터에 태우고 달리기 시작했다.

윤제가 끌려간 곳은 용호가 정신없이 게임을 하고 있는 오락실이었다.

"형, 이 새끼 데리고 왔어."

형기가 바싹 다가가도 용호는 게임에 정신이 팔려 고개도 돌리지 않았다. 용호는 자동차 운전 게임을 하고 있었는데, 화면 속에선 자동차가 위태롭게 달려가고 있었다. 자동차의 속도가 빨라질수록 윤제의 마음도 더욱 불안해졌다.

"에이 씨, 잘 나가다가……."

달리던 자동차가 곤두박질을 치며 나가떨어졌다. 용호가 손바닥으로 게임기를 탁 치면서 일어났다. 그러고는 뒤에서 있던 형기와 윤제를 힐끔 보더니 앞장서서 오락실 문을 밀고 나갔다. 형기가 윤제를 잡고 뒤따라갔다. 초등학교 뒷 문 쪽에 이르자 용호가 담에 등을 비스듬히 기대고 서서 물었다.

"야, 너 어제 왜 학교에 안 왔어? 아휴, 열받아서 박 터지는 줄 알았다. 어쨌든 너 아무한테도 말 안 했지? 이번 일 까발 리기만 하면 너도 이렇게 만들어 줄게."

용호가 형기의 소매를 걷어 올려서 윤제 코앞에 쑥 내밀 었다. 담뱃불로 지진 자국이 여기저기 옴팍옴팍 나 있었다. 윤제는 소름이 쫙 끼쳤다.

"이건 네가 일한 값."

용호가 만 원짜리 두 장을 윤제에게 내밀었다. 윤제는 용 호가 내미는 돈을 받지 않았다.

"자, 받으라니까."

용호가 인상을 팍 쓰자 옆에 있던 형기가 얼른 돈을 받아 서 윤제 주머니에 찔러 넣었다. 윤제가 가겠다는 말을 하려 는 순간 용호가 먼저 말했다.

"야 김윤제, 쫄지 말고 살아라 새꺄. 좀팽이같이……. 좋았 어, 이 형님이 오늘 담력 훈련 시켜 줄게. 야, 저기 쟤한테 가 서 돈 좀 빌려 와."

용호가 골목을 걸어 내려오는 아이를 가리키며 음흉하게 웃었다.

"……."

"빨리!"

윤제가 그대로 서 있자 형기가 뒤에서 엉덩이를 걷어찼다. 윤제가 앞으로 넘어지자 또 옆구리를 찼다.

'나쁜 놈, 난 절대로 니 말 안 들을 거다. 야비한 새끼!'

윤제는 이를 악물고 버텼다. 그러자 형기가 윤제 손목을 억지로 잡아끌고 갔다. 학원 가방을 어깨에 멘 아이는 초등학교 4, 5학년쯤 돼 보이는 남자아이였다.

"야, 옆에 있는 이 형아가 네 돈 좀 빌리겠대. 돈 가진 것 있으면 내놔."

아이가 깜짝 놀라서 쳐다보더니 얼굴이 새파랗게 질렸다.

"얌마, 좋은 말 할 때 돈 내놓으라고!"

형기가 아이를 내려다보며 인상을 팍 썼다. 아이는 겁에 질려 더듬거리더니 바지 주머니에서 천 원짜리 두 장과 백 원짜리 동전 세 개를 꺼내 내밀었다.

"가 봐."

형기의 말에 아이가 꽁지 빠지게 달아났다. 형기는 아이한테 받은 돈을 윤제 손에 쥐여 주었다. 그리고 다시 윤제를 끌고 용호 앞에 가더니 윤제 손을 용호 앞으로 내밀었다. 용호가 비웃으며 윤제를 노려보았다.

"잘했어. 가자."

용호가 스쿠터에 앉자 형기가 윤제를 끌어다 태우고 자기는 뒤에서 윤제 어깨를 붙잡고 섰다. 한참 가다가 놀이터에서 내렸다.

"야, 넌 가서 애들 데려와. 오늘 단합 대회 하자."

용호의 말에 형기가 스쿠터를 타고 사라졌다.

"가서 소주 두 병 사 와."

용호가 윤제 가방을 끌어 내리며 말했다. 윤제는 사람들에게 도와 달라고 소리치고 싶었다. 그러나 형기의 팔에 나 있던 담뱃불 자국이 떠올라 말이 나오지 않았다. 눈에서 질금질금 눈물이 났다.

"형, 나 집에 가면 안 돼요? 집에 갈래요."

"이 새끼가 쪼잔하게 울기는. 눈깔을 확 파낼까 보다."

용호가 눈을 희번덕이며 협박했다. 윤제는 다시 한번 사정을 했다.

"형도 알잖아요. 우리 엄마한테 죽어요."

"알았어 새꺄, 보내 줄게. 보내 준다니까. 아이, 열받아!"

용호는 윤제 가방을 한쪽 어깨에 둘러메더니 윤제 손목을 잡고 가게 문 앞에서 돈을 쥐여 주며 턱짓을 했다. 윤제는 할 수 없이 가게에 들어가서 소주를 사 가지고 나왔다.

"야 김윤제, 난 너를 보면 화가 나. 왜 그런지 알아? 엄마 때문이야, 너네 엄마. 너네 엄마가 만날 네 옆에 딱 붙어서 학교 가는 거 다 봤어."

용호가 놀이터 벤치에 앉더니 소주 뚜껑을 이빨로 땄다. 그리고 소주를 병째로 한 모금 마시더니 윤제를 한참 동안 쏘아보았다.

"씨발, 나는 엄마가 죽고 없어. 그런데 오 학년 때 도깨비가 우리 집에 들어왔거든. 여자 말이야, 아버지 여자. 그 도깨비가 수학여행을 가야 하는데 돈을 안 주는 거야. 쪼다 같은 아버지는 도깨비 눈치만 보고……. 나는 화가 나서 앨범 속에 있는 도깨비 사진을 몽땅 짝짝 찢었지. 그러고선 재떨이에 놓고 불을 붙이다가 재수 없게 걸려 버렸어. 도깨비는 눈이 뒤집혀서 생쇼를 하는 거야. 당연히 쪼다한테 일러바쳐서 죽도록 터졌지. 그래서 나온 거야. 몇 번 끌려가긴 했지만 도깨비 얼굴을 보면 열받아서……. 야 김윤제, 너네 엄마 맹모더라. 맹자 엄마 말이야. 좋겠다, 새끼야."

용호가 윤제 다리를 한 대 쳤다. 그러고는 땅바닥에 침을 한 번 찍, 뱉고 주먹으로 눈가를 훔쳤다.

"자, 봐. 왜 이런 줄 알아? 도깨비가 자기 말 안 듣는다고 야구 방망이로 때려서 그래. 더러워서 병원에도 안 가고 버텼더니 뼈가 잘못 붙어서 이렇게 됐어. 아주 악질이지!"

용호가 옷을 잡아 내리며 목을 내밀었다. 목 밑에 밤톨만 한 뼈가 볼록 솟아올라 있었다. 용호가 고개를 젖히고 소주를 입안에 부었다. 윤제는 용호의 떡 벌어진 어깨가 스르르 무너져 내릴 것 같은 착각이 들었다.

"형, 왜 새대가리파라는 말 안 했어요?"

"인마, 너를 어떻게 믿고 그런 말을 하냐? 좋아. 같이 일도 했으니, 이제부터 너도 새대가리파다."

"아니, 그런 게 아니고 태욱이가……."

"태욱이 그 새끼도 좀팽이야. 처음에 그 새끼랑 둘이서 새대가리파 만들었는데 애들이 생기니까 삐딱해졌어. 야 참, 그 새끼 동생 기집애, 이름이 뭐 혜미라고 하던데, 그 기집애 별종이더라. 지난번에 방배동 너네 형 친구 집 털 때 태욱이 부르러 갔더니 그 기집애가 나한테 눈에 불을 켜고 달려들더라니까. 뭐 한 번만 더 태욱이 불러내면 짭새한테 신고한대나? 나 참, 재수 없어서. 그 기집애 태욱이 옆에 꼭 붙어……."

혜미 이야기가 나오자 윤제 귀가 솔깃해졌다. 용호의 이야기에 귀를 쫑긋 세우고 있는데 아이들이 왔다. 윤제는 용호가 새대가리파 두목인 줄 알았으면 결코 태욱이를 부러워하지 않았을 거라고 생각했다. 물론 태욱이 대신 화물터미널역에 나가지도 않았을 테고.

"어, 김윤제!"

태욱이가 윤제를 보자 얼굴을 일그러뜨렸다. 윤제는 얼른 고개를 돌렸다.

"자, 새대가리파의 신입 똘마니 김윤제를 위하여!"

용호가 벌떡 일어나 윤제의 손목을 잡고 번쩍 쳐들며 외쳤다.

"형, 얘는 안 돼. 이 새끼 마마보이라는 거 형도 알잖아. 난 얘가 들어오는 거 반대야."

태욱이가 인상을 쓰며 용호에게 말했다. 용호가 태욱이를 걷어찼다.

"야, 네가 두목이냐? 결정은 내가 해. 자, 모두 입 벌려."

용호가 아이들 입에 소주를 부었다. 윤제가 입을 다물고 그대로 서 있자 용호는 윤제 얼굴에다 소주를 부었다. 돌아가며 술을 붓던 용호가 술병을 던지고 미끄럼틀 계단에 앉아서 노래를 부르기 시작했다.

"사나이로 태어나서 할 일도 많다만 너와 나 나라 지키는 영광에 살았다. 한나 두울 세엣 네엣. 전투와 전투 속에 맺어진 전우여. 한나 두울 세엣 네엣⋯⋯."

용호가 고래고래 소리를 지르며 노래를 부르자, 해일이와 준섭이가 옆에 있는 느티나무에 올라가 더 악을 쓰며 노래를 불렀다.

윤제는 아버지 말처럼 서울이 다르긴 다른 곳이라는 생각이 들었다. 그냥 힘세고 싸움 잘하는 놈이 골목대장을 하는 그런 차원이 아니라, 조금 엉성하긴 해도 이건 아예 폭력배와 도둑놈들의 조직이었다. 윤제는 점점 더 무섭다는 생각이 들었다.

"야 이 새끼야, 내가 안 된다고 했잖아. 이 쪼다 새끼가 내 말 안 듣고⋯⋯. 빨리 꺼져!"

줄곧 윤제를 노려보고 있던 태욱이가 다짜고짜 윤제에게 달려들며 주먹으로 쳤다. 윤제도 맞받아쳤지만 태욱이는 멈추지 않았다. 윤제와 태욱이가 싸워도 아이들은 말리지 않고 낄낄거리기만 했다. 싸움을 하면서도 윤제는 태욱이 말처럼 할 수만 있다면 이곳에서 꺼져 버리고 싶었다.

"윤제야, 쟤들하고 어울리면 안 돼. 넌 빨리 집에 가."

윤제 귀에 태욱이의 작고 빠른 목소리가 들렸다.

촉법소년

"혁제야, 윤제가 파출소에 잡혀갔단다."

엄마가 전화기를 들고 외쳤다.

"어디 파출소요?"

다행히 지난번에 진우네 집에서 도둑질하다 잡혀간 파출소는 아니었다. 같은 파출소에 또 잡혀갔다간 바로 경찰서로 넘겨질지도 몰랐다. 엄마는 혁제를 재촉하며 뛰었다.

"악! 얼른 풀어 줘."

"우리가 뭘 잘못했냐고요!"

파출소 안에서 아이들이 소리를 지르며 경중경중 뛰었다. 아이들 손목에는 수갑이 채워져 있었다.

"이 새끼들 가만히 못 있어!"

경찰들도 소리를 질렀다.

"경찰 아저씨, 이게 뭔 일이래요? 야, 윤제 이놈아!"

엄마가 윤제의 등짝을 때리며 물었다.

"이놈들이 동네 한복판에서 싸움박질을 하고 고성방가를 해 대서 주민들이 신고를 했어요. 자식들이 술까지 처먹고……."

"아저씨, 우리 아는 이제 중학교 일 학년짜리래요. 제발 한 번만 용서해 주소."

엄마가 사정을 하자 경찰관이 윤제를 한번 쓱 훑어보고 말했다.

"야 인마, 어머니가 오셨으니까 풀어 준다. 앞으로 그러지 마! 어디 마빡에 피도 안 마른 놈이 동네 한가운데서 행패를 부리고 그래!"

경찰관이 윤제를 풀어 주었다. 엄마가 인사를 하는 사이에 혁제가 얼른 윤제 팔목을 잡고 밖으로 나왔다.

"우리도 풀어 줘. 풀어 달란 말이에요!"

윤제가 나가는 것을 본 용호가 옆에 있던 정수기통에 이마를 짓찧자 형기가 옆에서 수갑 찬 손으로 의자를 들어서 유리창에 던졌다. 유리창이 깨지면서 앞에 있던 정수기통을 쳤다. 바닥에 물이 쏟아지고 유리가 사방으로 튀었다. 파출소 안은 순식간에 아수라장이 되었다.

"형, 태욱이도 데리고 가야 돼."

혁제 손에 이끌려 가던 윤제가 형의 손을 뿌리치고 다시 파출소로 뛰어 들어갔다. 혁제는 어처구니가 없는 듯 윤제가 뛰어가는 모습만 멀거니 바라보았다. 엄마가 다시 뛰어 들어온 윤제를 붙잡고 나올 틈도 없었다. 술에 취한 아이들이 펄펄 날뛰며 더욱 악다구니를 부렸고, 경찰들도 방망이를 가지고 아이들을 내리치며 소리를 질렀다.

엄마는 삽시간에 벌어진 이 광경을 보고 어떻게 해야 할지 몰라서 허둥댔다.

'앵앵앵.'

정말 눈 깜짝할 사이였다. 철창을 둘러친 버스가 파출소 앞에 섰고, 방패를 든 경찰들이 버스에서 내려 파출소 안으로 들어왔다.

"끌어냇!"

사복을 입은 사람이 명령하자 경찰들이 방망이를 들고 아이들을 마구 패기 시작했다. 그리고 똬리처럼 말려 있던 줄을 스르르 풀더니 순식간에 아이들 다섯을 꽁꽁 묶었다.

"엄마!"

윤제의 울부짖음이 들렸다.

"엄마! 윤제야!"

바깥에서 혁제 목소리가 들렸지만 엄마는 파출소 앞을 막고 서 있는 경찰들 때문에 나갈 수가 없었다.

"안 돼!"

경찰들은 꽁꽁 묶인 아이들을 버스 안으로 집어 던졌다. 아이들의 비명 소리가 들렸다. 엄마가 윤제를 끌어내고 있는 경찰에게 매달렸다.

"비켜요!"

경찰들이 엄마를 밀쳤다.

"세상에 이런 일은 없어요, 이런 일은⋯⋯."

엄마도 이를 악물고 일어나서 윤제가 있는 버스 문을 잡고 오르려고 했다.

"이 아줌마가 왜 이래?"

경찰들이 엄마를 끌어 내렸다. 엄마도 이미 제정신이 아니었다. 손을 잡고 끌어 내리는 경찰의 손을 깨물었다. 그러자 당황한 경찰이 엄마의 머리채를 잡아챘다.

"민주 경찰이라는 게 어떻게 이럴 수가 있나. 애들을 어떻게 저렇게 개돼지처럼 방망이로 패서 끌고 가나, 이 나쁜 놈들아!"

아이들을 태운 버스가 떠나자 엄마는 그 자리에 주저앉아서 멀어져 가는 버스에 대고 악을 썼다. 그러나 파출소 문은 닫혔고 엄마 말을 들어 줄 사람은 아무도 없었다.

엄마는 일어나 혁제를 데리고 택시를 탔다. 짐작대로 윤제와 아이들은 인근 경찰서에 끌려가 있었다. 조사계 바닥에 무릎을 꿇고 쪼르르 앉아 있는 아이들을 보고 엄마는 맥이 풀려 그 자리에서 허물어졌다.

"윤제야!"

"아, 안 됩니다, 아주머니."

경찰관이 엄마를 일으켜서 의자에 앉혔다. 엄마는 가슴이 콱 막혀 숨이 터지지를 않았다.

'안 돼. 내가 정신을 차려야 한다. 우리 윤제를 살리려면 내가 정신을 차려야 해.'

혁제가 엄마를 가슴에 꼭 안았다. 엄마는 윤제를 부르며 소리 높여 울었다.

"아주머니, 나가세요. 여기서 이러시면 안 됩니다."

경찰관이 엄마를 밖으로 끌어내려 했지만, 엄마는 용을 쓰며 그 자리에 앉아 더욱 큰 소리로 울었다.

"아주머니, 왜 그러세요? 저는 이 경찰서 출입 기자입니다."

엄마는 기자라는 말에 정신이 번뜩 들었다.

"기자 아저씨요, 이런 법이 어디 있나 말 좀 들어 보소. 대한민국 경찰이 애들을 잡아요."

엄마가 손으로 머리를 쓸자 손가락 사이로 머리카락이 한 움큼 집혀 나왔다.

"기자 아저씨요, 이것 좀 보소. 경찰들이 내 머리끄덩이를 잡아 뽑고 애들을 형편없이 때리고……."

엄마가 벌떡 일어나더니 윤제의 옷을 벗겼다. 홀딱 벗은 윤제 몸은 붉은 뱀이 감긴 것처럼 온통 멍투성이였다.

"아니, 누가 이렇게 했어요? 너희들도 다 이러니?"

기자가 아이들에게 물었다.

"너희들도 벗어 봐라."

엄마가 아이들의 옷을 벗겼다. 얇은 티셔츠 한 장씩을 걸치고 있던 아이들의 몸은 온통 멍투성이였다.

기자가 아이들 사진을 찍었다.

"당신들 지금 뭣들 하는 겁니까! 야 이 새끼들아, 왜 옷을 벗고 지랄이야. 빨리 옷 입어."

어떤 경찰관이 눈을 치켜올리며 소리를 질렀다.

엄마는 혁제를 집에 돌려보내고 혼자서 조사계 복도에서 밤을 새웠다.

181

아침이 되자 경찰서장이 엄마를 불렀다.

"아주머니, 지금 전국적으로 깡패들에 대한 특별 단속 명령이 내려진 상태라……. 아이들이 나이에 비해 몸집이 좋더군요. 그놈들이 술에 취해 파출소 안에서 난동을 부렸으니 공무 집행 방해에다가 기물 파손입니다."

"서장님, 아무리 그렇다 해도……."

"아이들이 난동을 부리니까 파출소에서 당황했던 것 같습니다. 아이들은 일단 훈계 조치 하고 집으로 돌려보내겠습니다."

엄마의 두 귀가 번쩍 뜨였다. 아이들을 내보내 준다는 말에 더 이상 따지고 싶은 생각이 없었다.

엄마는 윤제 손목을 잡고 경찰서 마당을 나왔다. 밝은 아침 햇살에 눈이 부셨다.

여름 방학을 하던 날 마을에 또 불이 났다. 이번 불은 법원과 검찰청 중간쯤에 있는 하우스의 공동변소에서 났다. 경찰에서는 담뱃불이 원인이라고 했지만 사람들은 도깨비불이라고 했다. 불이 난 시각은 야간 순찰을 돌던 사람들이 다 돌아간 새벽 5시 반쯤이었다. 그리고 불이 날 장소라고는 생각지도 못했던 변소에서 났기 때문에 누군가가 불을 질렀다고 비꼬아서 도깨비불이라고 했다.

"암, 도깨비처럼 숨어 있다가 순식간에 불을 질러서 자연 철거를 하려고 그런 거지, 자연 철거."

아버지의 주장도 전혀 근거가 없는 건 아니었다. 불이 난 장소는 땅 주인이 빌딩을 짓는다고 하우스 사람들과 협상 중인 곳이었기 때문이다. 말이 협상 중이지 땅 주인이 보낸 계고장에는 며칠까지 자진 철거를 하지 않으면 강제 철거에 들어간다고 되어 있고, 땅을 파기 위해 대기하고 있는 포클레인이 하우스 옆에 바짝 붙어서 입을 쩌억 벌리고 있었다.

불이 나자 동네 사람들은 마치 고슴도치처럼 몸과 마음을 바짝 곤두세우고 대책을 세우자고 입을 모았다. 얼마 지나지 않아서 마을 한쪽에 '꽃마을 법원 단지 자치회' 사무실이 마련되었다. 그동안 엄벙덩벙 앞에 나서서 목소리만 높이던 사람들이 질서를 지키며 점점 조직되기 시작했다.

사람들은 하우스의 위치에 따라서 통, 반, 번지를 만들어 묶었다. 그리고 대표를 뽑아서 '도시빈민협의회'와 손잡고 일을 할 수 있도록 하였다. 또 투기성이 있는 사람들을 더 이상 하우스에 들어오지 못하게 하고, 가짜로 솥단지와 이불 보따리만 갖다 놓고 코빼기도 보이지 않는 사람들을 찾아내기 시작했다. 그리고 하우스가 더 늘어나는 것을 막으려고 집집마다 문짝에 페인트로 호수를 적어 놓았다. 번호가 없는 하우스는 인정하지 않기로 했다.

불이 난 뒤 사람들은 밤낮으로 경계를 늦추지 않았다. 밤이면 대책 회의를 하느라고 몰려다녔다. 아버지도 어수선한 틈바구니에서 살아남아야 한다는 생각이 들었는지 요즘은 일을 하러 나갔다가도 술에 취하지 않고 들어왔다. 사람들이 대책 회의를 한다고 모이라고 하면 꼬박꼬박 참석했다. 정작 땅 주인들은 붉은 줄이 그어지고 큼직한 도장이 찍힌 철거 계고장만 보낼 뿐인데도 하우스 사람들은 지레 겁을 먹고 불안에 떨었다.

"그깟 놈들 겁내지 말어. 우리네처럼 불알 두 쪽밖에 없는 놈들이 우떠케 하나. 정 안 되면 포클레인 밑에라도 드러누워 삐리야지."

철거 계고장을 연거푸 세 번째 받아든 아버지는 보상 없이 쫓겨날 바에야 포클레인 밑으로 들어간다고 말했다. 남의 땅에 무허가 건물을 짓고 사는 처지니만큼 땅임자가 땅을 쓰겠다고 비워 달라고 하면 원칙으로는 비워 줘야 마땅하지만, 가진 게 없으니 쫓겨나서 죽으나 앉아서 죽으나 마찬가지라는 배짱이었다.

윤제는 점심을 먹고 기철이를 불렀다. 기철이가 뛰어놀다가 이마에 땀방울을 송송 매단 채 달려왔다.

"기철아, 시장 가자."

"시장에는 뭐 하러 가?"

"따라와 보면 알아."

윤제가 씩 웃었다. 윤제 주머니에는 용호한테 받은 돈 2만 원이 들어 있었다.

윤제는 기철이를 데리고 신발 가게에 갔다. 그리고 갈색 빛이 나는 엄마 신발을 샀다. 엄마가 고무 슬리퍼를 벗어 던지고 예쁜 신발을 신고 다닐 수 있다는 생각을 하니 마음이 기뻤다. 처음에는 그 돈으로 짜장면을 사 먹으면 좋겠다는 생각을 했다. 그다음에는 기철이를 데리고 영화를 보러 갈까도 생각했고, 영진이 형한테 뭘 사 줄까도 생각했다. 그러다가 고무 슬리퍼를 신고 종종걸음을 치는 엄마가 생각나자 마음을 굳힌 것이다.

윤제는 신발을 사고 남은 돈으로 기철이와 떡볶이를 먹었다. 그리고 집으로 와서 엄마가 돌아오기를 기다렸다.

"엄마, 신발."

윤제는 엄마가 집에 들어서자마자 신발을 내밀었다. 엄마의 두 눈이 둥그레졌다.

"뭔 신발이래?"

"응, 형들 심부름해 주고 받은 돈으로 샀어."

윤제가 입가에 자랑스러운 웃음을 띠며 말했다.

"어떤 형?"

"몰라…… 그 형들……."

"용호?"

"……."

"엄마는 이 신 안 신을란다."

엄마가 정색을 하며 신발을 윤제 앞으로 밀었다.

"왜?"

윤제가 눈을 치뜨며 화를 냈다.

"도둑놈들한테서 받은 돈은 안 된다. 이 신발, 내삐리든지 신든지 니 맘대로 해라."

"엄마는, 다신 뭘 사 주나 봐라."

윤제는 자기 마음을 몰라주는 엄마가 야속해서 신발을 부엌으로 훌쩍 던지며 볼멘소리를 했다.

대현이 할아버지 때문에 마을에 대책 회의가 열렸다. 아무리 치매에 걸렸다지만 할아버지의 행동이 아이들 보기에 좋지 않고, 또 할아버지 방에서 풍겨 나오는 냄새 때문에 도저히 살 수가 없다고 동네 사람들이 야단이었다.

대현이 엄마가 아이들이 들여다보지 못하게 문에다 못질을 하겠다고 말하자, 사람들은 더욱 웅성거렸다. 어떻게 이더운 여름에 산 사람이 있는 방에 공기 구멍도 없이 못질을 하느냐는 것이다. 아무리 못질을 해도 방 안에서 똥 싸고 오줌 싸서 뭉개는데 그 냄새는 막지 못할 거라고 했다.

대현이 엄마하고 해결이 되지 않자 사람들은 대현이 아버지를 불렀다. 대현이 아버지는 아무 말도 하지 않고 고개만 푹 숙였다.

"어쩌라는 말이에요. 산 사람을 죽일 수도 없고……."

대현이 엄마가 큰 소리로 말하자, 대현이 아버지가 대현이 엄마를 곁눈으로 노려보며 말했다.

"니, 가만히 있거래이."

"가만히 있으면 어떻게 해요? 당장 방법이 없는데."

대현이 엄마가 성이 나서 화를 벌컥 내자, 대현이 아버지가 대현이 엄마 뺨을 후려치며 얼굴을 붉혔다.

"가만히 있으라면 가만히 있지……."

그 모양을 보고 당장이라도 무슨 해결책을 찾자고 떠들던 사람들이 질려서 입을 다물었다. 대현이 아버지가 자리에서 부스스 일어나더니 입을 뗐다.

"이거 본의 아니게 동네에 폐를 끼쳐서 죄송하게 됐심더.

어쨌거나 우리 아부지 일은 지가 알아서 하겠심더. 정말 미
안합니더."

사람들은 서로 눈짓을 하며 흩어졌다. 윤제는 대현이 아
버지가 술에 취하지 않았을 때는 멀쩡하게 보이는데 술 때
문에 신세를 망친 것 같다는 엄마 말이 맞는 것 같았다. 하지
만 여자를 폭행하는 남자는 비열해 보였다.

날씨가 무더워지자 해거름에는 공터에 사람들이 많았다.
하우스는 콘크리트로 지은 게 아니기 때문에 해가 넘어가고
열기가 식으면 곧 서늘해졌다. 그래서 사람들은 밖에 나와
서 해가 넘어가기를 기다리며 두런거렸다.

"아, 아, 동네 사람들은 모두 자치회 사무실 앞으로 모여
주시기 바랍니다. 다시 한번 말씀드리겠습니다. 에, 동네 사
람들은……."

자치회 사무실에서 마이크 소리가 들렸다. 공터에 있던
사람들이 몰려갔다.

사무실 앞에서 자치회 회장인 권씨 아저씨 대신 아주머니
가 마이크를 잡고 말했다.

"오늘 아침에 어떤 사람이 우리 아저씨를 만나자고 전화
를 했어요. 그래서 저녁때 만나러 간다고 나가더니만……
아이고, 몽둥이로 맞아서 피범벅이 되어 가지고는 척 늘어

졌는데……."

홍분한 아주머니는 말을 잇지 못하고 숨을 들이쉬며 몸을
떨었다.

아주머니의 설명인즉, 권씨 아저씨가 땅 주인을 만나러
가다가 괴한한테 각목으로 맞아서 머리가 터지고 턱뼈와 앞
니가 부러져 병원에 실려 갔다는 것이다.

"그리고 이 일이 나기 며칠 전에는요, 어떤 사람이 전화를
해서 '이럴 때 자기 실속을 차려야지 어리석게 왜 앞장서고
그러냐.'면서, 기천만 원 찔러줄 테니 이 꽃마을을 소리 없이
떠나라고 그러더래요. 그래서 우리 아저씨가요, 화가 나서
막 소리를 지르더라고요."

아주머니의 이야기를 듣고 사람들이 웅성거렸다.

"아무리 남의 땅에 산다고 해도 이건 정말 우리를 막보는
야비한 짓이오."

어떤 아저씨가 화가 나서 소리를 질렀다.

"남의 땅에 사는 게 잘못이긴 하지만서두……."

엄마는 한숨을 내쉬며 중얼거렸다.

"그런데요, 땅 주인들도 서울시와 구청에 진정서를 냈다
지 뭐예요. 자기들 땅에 무연고 비닐하우스를 짓도록 내버
려둔 건 서울시나 서초구의 관리 소홀이고 잘못이라고요.

자기들 뜻대로 비닐하우스를 철거해 주지 않으면 서울시를 상대로 고소하겠대요."

아주머니가 다시 목소리를 높여서 말했다.

"땅 주인 놈들 중에 판검사가 수두룩하다니 법으로 하면 야 지들이 당연히 안 이기겠나. 그러니까 우리가 가진 건 똥 배짱밖에 없다!"

아버지가 "똥배짱밖에 없다!"고 외치며 두 팔을 번쩍 들었다. 사람들은 잔뜩 긴장하고 있어서 아버지의 우스꽝스러운 행동에도 웃지 않았다. 아버지는 무안한지 얼른 두 팔을 내렸다. 윤제는 그런 아버지의 모습이 창피해서 슬그머니 일어나 집으로 갔다.

"얘가 김윤제예요."

집에 막 들어가려는데 아이들 서넛이 다가오며 손가락으로 윤제를 가리켰다.

"김윤제?"

재빨리 다가온 남자가 윤제의 손목을 꽉 움켜잡았다. 윤제는 깜짝 놀라서 손을 빼려고 했다.

"경찰이다. 같이 가야겠다."

윤제는 반항할 틈도 없이 경찰관에게 끌려서 경찰차에 태워졌다.

"윤제야!"

아이들이 소식을 전했는지 엄마가 허겁지겁 쫓아왔다.

"안녕하십니까. 서초 경찰서 김문호 순경입니다. 김윤제 어머니 되시죠? 김윤제를 특수절도죄로 연행하겠습니다."

경찰관이 한 손으로는 차 문을 잡은 채 다른 한 손으로 경례를 하며 말했다.

"어머니도 같이 타시죠. 아이가 미성년자라서 부모가 동행해야 합니다."

엄마가 당황해서 말을 못 하고 서 있자 경찰관이 윤제 옆에 엄마를 태웠다. 윤제와 엄마의 심장 뛰는 소리가 달리는 자동차 소리보다 더 크게 들렸다.

경찰서에는 이미 새대가리파 아이들이 잡혀 와 있었다.

"이놈들은 큰일을 낼 도둑놈들입니다. 어제저녁에 동네 사진관을 털다가 잡혀 왔는데, 조사를 해 보니 지난번에 슈퍼마켓을 턴 것도 이놈들 짓이라는 게 밝혀졌습니다. 이놈들은 셔터 문고리를 쇠톱으로 끊고 침입한 특수절도범들입니다."

"그럴 리가……."

엄마의 몸이 휘청거렸다. 엄마는 가까스로 책상을 두 손으로 꽉 붙잡더니 세차게 고개를 저었다.

191

"애들은 아무리 미성년자라 해도 죄질이 형사 처분에 해당하기 때문에 촉법소년으로 분류됩니다. 이런 아이들은 관할 소년부로 보내게 되지요."

"그럼 우리 아는요?"

엄마가 마른침을 삼키며 떨리는 목소리로 물었다.

"우선 오늘 밤은 여기서 조사를 받게 될 거고, 내일은 검찰 소년부로 넘어갈 겁니다. 그 뒤에는 소년원 송치 여부가 결정될 때까지 '소년분류심사원'에 있게 될 텐데, 자세한 건 사건의 진행 절차를 봐 가면서 알려 드리죠. 이제 그만 집으로 돌아가십시오."

윤제는 고개를 푹 숙이고 앉아서 엄마와 경찰관이 하는 이야기를 들었지만 무슨 말인지 하나도 알아들을 수가 없었다.

'이젠 죽었다.'

윤제는 온몸이 사시나무 떨리듯 떨렸다.

엄마가 윤제에게 다가와서 윤제 손을 잡았다.

"윤제야, 이놈의 자슥아……."

윤제는 얼른 고개를 돌렸다. 엄마의 눈을 똑바로 쳐다볼 수가 없었다. 엄마는 힘없이 경찰서 문을 나섰다. 휘청거리는 엄마의 발걸음이 윤제의 두 눈에 뿌옇게 어려 왔다.

꿈

호송차가 서울소년분류심사원 앞에 멈춰 섰다.

철문이 끽 소리를 내며 열리자 윤제는 심장이 오그라들 것처럼 가슴이 답답하고 몸이 떨렸다. 유치장과 구치소를 거쳐 여기까지 올 때는 생각할 겨를이 없어서 뭐가 뭔지 하나도 몰랐다. 그런데 이제는 이곳에 갇히게 된다고 생각하니 눈물이 왈칵 쏟아졌다.

"야, 이 도둑놈의 새끼야!"

경찰관이 조사할 때 소리치던 모습이 생각났다.

'도둑놈!'

윤제는 옆에 서 있는 용호와 형기를 원망스러운 눈초리로 쏘아보았다. 윤제의 눈빛을 읽은 용호가 얼른 고개를 돌렸다. 엄마 얼굴이 떠올랐다. 이제 영영 볼 수 없을 것 같은 절망감에 목울대에서 컥컥 소리가 났다.

'건전한 청소년 밝은 미래'라고 적힌 붉은 건물로 들어갔다. 복도에 또 철문이 가로막고 있었다. 자물쇠가 철컥 채워지는 소리를 들으며 윤제는 뒤를 돌아보았다. 이제는 저 철문 밖으로 영영 나갈 수 없을지도 모른다는 절망감에 또 한번 가슴이 내려앉았다. 모든 게 낯설었다.

여기는 나이별로 반을 가르는 모양인지 윤제와 용호, 형기는 각각 다른 반으로 배정되었다. 윤제는 '진실반'이라고 하는 남자 4반이 되었다.

"자, 먼저 옷부터 갈아입어라."

윤제는 푸른 운동복을 건네주며 싱긋 웃는 선생님을 바라보았다. 잔뜩 마음을 졸이고 있다가 뜻밖에도 부드러운 목소리를 듣자 조금 안심이 되었다.

윤제는 정해진 방으로 들어갔다. 아이들은 교실에서 공부를 하고 있어서 방은 텅 비어 있었다. 옷장 밑바닥에 이불 다섯 채가 나란히 개켜 있고, 책꽂이에 책도 꽂혀 있고 창틀에는 과자와 음료수, 빵 따위가 쌓여 있었다.

신입생은 여러 가지 검사와 상담을 한다고 했다. 검사실로 내려가다가 게시판에 붙어 있는 그림에 눈이 갔다. 찌그러진 주전자와 주름진 아버지의 얼굴인데 아이들이 그린 것 같았다. 자기가 잡혀 와서 아버지는 술을 더 많이 마실 테고 엄마는 아버지한테 더 시달림을 받을 것 같아 윤제는 속이 아렸다.

윤제가 이런저런 검사를 받고 방으로 들어오자 공부를 마치고 돌아온 아이들이 인사를 건넸다. 아이들은 이곳이 익숙한 듯 태평한 얼굴로 웃고 떠들어 댔다. 윤제 맞은편 구석에 앉은 석희라는 아이만 불안한 얼굴로 작은 눈을 깜빡이고 있었다.

윤제는 석희를 보자 기철이가 생각났다. 평소에 자기가 기철이를 무시한 것 같아서 미안한 생각이 들었다. 이제 집에 가게 되면 기철이를 자기 똘마니가 아니라 어엿한 친구로 대해 줘야겠다는 생각을 했다. 인섭이, 호성이, 경우…….태욱이, "윤제야, 쟤들하고 어울리면 안 돼. 넌 빨리 집에 가."라고 귓가에 말해 주던 태욱이. 비록 태욱이 때문에 이렇게 됐고 처음 꽃마을로 왔을 때부터 목구멍의 가시 같던 녀석이지만, 어쩐지 밉다는 생각은 들지 않았다. 태욱이 그 녀석도 지금 자기와 같은 생각을 하고 있을지 모른다는 생각이 들었다.

금방 저녁을 먹고 온 아이들이 또 과자와 빵을 나눠 먹으며 킥킥댔다.

"야, 너는 누가 면회 오냐?"

머리를 밤송이같이 깎은 준모가 윤제에게 과자를 나누어 주며 물었다. 준모는 이곳에 온 지 17일째이고 4반 반장이라고 했다.

"면회?"

'엄마 속만 썩이는데…….'

엄마는 오지 않을 것 같았다. 윤제가 준모에게 고개를 저어 보이자 옆에 있던 더벅머리 영석이가 이마를 찌푸리며 말했다.

"뭐야, 이 새끼도 꼽사리잖아."

"야, 새꺄!"

준모가 영석이의 코앞에 주먹을 들어 보였다. 아마 면회 올 사람이 없어서 남의 것만 얻어먹는 아이를 가리키는 말 같았다. 준모가 준 과자를 먹는데 윤제는 자기도 모르게 앞에 있는 석희에게 자꾸 눈이 갔다.

"저 새끼는 면회 오는 사람도 없어. 특별 면회 때 껄떡거리기나 하고……."

그러고 보니 석희는 다른 아이들보다 몸집도 작았다. 윤제는 석희에게 과자를 나누어 주고 싶었지만, 자기도 아이들 눈치를 봐야 하는 처지라 못 본 척했다.

이튿날엔 심성 수련을 했다.

입가에 웃음을 머금은 담당 선생님이 꼭 엄마처럼 푸근한 모습으로 인사를 했다. 선생님은 하얀 바탕에 동그라미 두 개가 그려진 종이를 나눠 주며 말했다.

"자, 지금부터 동그라미 두 개를 이용해서 그리고 싶은 그림을 그려 보세요. 그리고 그림에 대한 설명도 간단히 쓰고요."

윤제는 무얼 그릴까 생각하다가 창문 밖으로 보이는 나무 두 그루를 그렸다. 그리고 그림 밑에다 '나는 지금 저 밖에 보이는 흔한 나무도 만질 수 없다.'고 썼다.

석희는 몸집에 비해 큰 날개를 가진 새를 그렸다. 그리고 그 밑에다 '하늘나라에 가면 엄마 아빠를 만날 수 있다.'고 썼다.

"자, 그럼 이제는 친구들에게 그림을 보여 주며 이야기를 해 보기로 해요. 먼저 석희부터 할까?"

선생님이 부드러운 눈길로 석희를 바라보았다.

"우리 엄마 아빠는 교통사고로 돌아가셨어요. 하늘나라에 가면 엄마 아빠를 만날 수 있을 것 같아서……."

"그랬구나. 그럼 석희는 누구하고 살았지?"

"할머니하고요. 할머니는 관절염 때문에 잘 걷지도 못하는데 나 때문에……."

석희는 할머니 생각이 나는지 말을 잇지 못하고 눈물을 뚝뚝 흘리며 어깨를 들썩거렸다. 석희가 울자 다른 아이들도 눈물을 글썽거렸다.

"새끼, 괜히 눈물 나게……."

영석이가 눈꼬리에 힘을 주고 석희를 팔꿈치로 툭 쳤다.

"그럼 영석이는 왜 자동차 바퀴만 두 개 그렸지?"

"자동차 바퀴가 아니고 오토바이 바퀸데요."

"오토바이 바퀴? 그렇구나. 얘들아, 아픈 말일수록 마음에 담아 두면 고름처럼 고여서 점점 더 아파. 마음이 아프면 생각은 점점 더 삐뚤어지고. 우리 오늘, 마음속에 곪아 있는 말들을 다 쏟아 버리자. 그러면 훨씬 더 시원할 거야. 어디 영석이는 왜 오토바이 바퀴를 그렸는지 말해 볼까?"

"씨, 아빠가 오토바이 타다가 죽었어요. 오토바이만 아니었으면 아빠도 안 죽고…… 새아버지가 술 취해서 우리 엄마 때리지도 않았을 거고, 씨……."

영석이는 연신 눈가를 문지르며 이야기를 하는 바람에 눈알이 빨개졌다.

"야 이 새끼야, 그래도 너는 엄마가 있잖아? 난 엄마라고 한번 불러 봤으면 소원이 없겠다, 씨발······."

빡빡머리 준모가 주먹을 내지르며 얼굴을 일그러뜨렸다. 윤제는 깜짝 놀랐다. 준모의 그 얼굴이 말로 표현할 수 없을 만큼 일그러져 보였기 때문이다. 준모가 그린 그림은 그림 이랄 것까지도 없었다. 그냥 동그라미 안에 눈, 코, 입을 작은 점으로 찍어 놓았을 뿐이었다.

"난 엄마 얼굴도 몰라. 엄마가 날 버렸거든. 너네들 미혼모 알아, 미혼모? 우리 엄마가 미혼모였어. 우리 엄마는 나를 버리고 일본인가 미국인가 어디로 갔다는데, 난 아직까지 코빼기도 못 봤어. 고아원에서 자라다가 나도 외국으로 입양될 뻔했다는데, 씨발, 외할머니 성화에 외삼촌하고 외숙모가 찾아와서 키웠댄다. 난 그런 줄도 모르고 어릴 때 외삼촌네 애들이 엄마 하고 부르면 약 올라서 징징댔지. 왜 나는 엄마라고 부르면 안 되냐고······. 에이, 씨발."

준모가 허공에다 주먹을 내지르며 입술을 꽉 깨물었다.

윤제는 아이들의 얼굴을 찬찬히 바라보았다. 비록 죄를 짓고 이곳에 들어와 있지만 마음은 착한 아이들 같았다.

'나는 엄마, 아빠, 형 다 있는데······.'

윤제의 눈앞에 꽃마을 하우스 좁은 방 안에 나란히 누운 식구들의 얼굴이 스쳐 지나갔다.

점심을 먹고 나오는데 마이크에서 이름을 부르는 소리가 들렸다.

"김윤제 면회."

'면회……? 엄마다!'

가슴이 방망이질을 쳤다. 면회실 문을 들어서기 전에 가슴을 펴고 눈에 힘을 주었다.

'야 김윤제, 울지 마! 절대로 울면 안 돼.'

윤제는 엄마 앞에서 울지 않으리라고 스스로에게 최면을 걸며 면회실로 들어갔다. 윤제 쪽으로 걸어오는 엄마의 눈가는 벌써 젖어 있었다.

"엄마, 왜 왔어?"

윤제는 엄마 눈을 바로 쳐다보지 못하고 쭈뼛거렸다. 엄마가 윤제를 꽉 끌어안았다.

"윤제야!"

"엄마!"

그렇게 다짐을 했지만 윤제의 눈에서도 눈물이 흘렀다.

"어떠냐?"

엄마가 손수건으로 눈가를 닦으며 물었다.

"뭐가요?"

"여게 있는 게 고생스럽지 않나?"

"아니요."

윤제는 엄마와 얘기를 하면서 전과는 달리 존댓말을 하고 있는 자신을 깨닫고 내심 놀랐다.

"윤제야, 엄마가 매일 면회 올 테니까 암말 말고 잘 지내라. 여게서 잘 있어야 빨리 풀려난다 하더라."

"일해야지 왜 만날 와요?"

"뭐 필요한 거는 없나?"

엄마는 대답 대신 윤제의 등을 손으로 쓸었다.

"아직은 뭐……."

윤제는 계면쩍어서 머리를 긁적였다.

엄마는 한참 동안 말없이 윤제의 얼굴을 바라보았다. 윤제는 차마 엄마의 얼굴을 바로 볼 수가 없어서 창문 너머 먼 하늘만 바라보았다.

'형하고 아버지는요? 영진이 형이 뭐라고 안 그래요?'

윤제는 물어보고 싶은 말이 많았지만 그늘진 엄마의 얼굴이 너무 슬퍼 보여서 입을 꾹 다물었다.

소년분류심사원의 기상 시각은 새벽 6시. 잠자리를 정돈하고 아침을 먹고 나면 영어 듣기부터 시작해서 하루 7교시 수업이 시작된다. 학교와 마찬가지로 45분 수업하고 15분은 쉬는 시간이다. 윤제는 아이들과 어울려 공부할 때는 괜찮은데, 공부를 마치고 방으로 돌아오면서 자물쇠가 채워진 철문을 보면 갇혀 있다는 사실에 마음이 무거웠다. 할 수만 있다면 굳게 닫힌 저 철문을 활짝 열고 바깥으로 뛰어나가고 싶었다.

'자유!'

자유 속에 있을 때는 자유가 얼마나 좋은 것인지 몰랐다.

'여기서 착하게 잘 있어야 소년원으로 가지 않고 집에 갈 수 있다.'

집이 그리웠다. 좁은 비닐하우스 단칸방이라도 그곳에는 자유가 있다. 가고 싶은 곳에 갈 수 있고, 보고 싶은 것을 볼 수 있고, 만지고 싶은 것을 만질 수 있다.

'이젠 정말 착하게 살 거야!'

하루 일과를 마치고 반성 일기를 쓰는 시간이다. 오늘의 성찰 주제는 '공부는 왜 해야 하는가?'였다. 형의 모습이 떠올랐다. 하우스에 사는 게 창피해서 고개를 푹 숙인 채 다른 동네로 돌아서 다니면서도 단어장을 들고 중얼거리던 모습, 책상이 없어서 방바닥에 상을 펴 놓고 구부정하게 앉아 공부하던 모습, 아버지가 술에 취해 고래고래 소리를 질러도 엄마가 일하러 갔다가 늦어져도 아랑곳하지 않고 공부만 하던 모습. 윤제는 그런 형이 너무 이기적이고 방관자 같아서 미웠다.

"인마, 공부 좀 해라. 너도 아버지처럼 살래?"

형의 목소리가 들리는 듯했다. 윤제는 일기장에 꽂아 둔 형 사진을 꺼냈다.

"야, 누구냐? 고릴라 같은 게 존나 이상하다."

옆에 있던 더벅머리 영석이가 사진을 빼앗으며 말했다. 윤제는 자기도 모르게 주먹을 날렸다. 영석이가 얼굴을 싸안고 비명을 지르더니 벌떡 일어나 윤제에게 달려들었다. 윤제가 주먹으로 연거푸 영석이를 내리치자 영석이가 윤제 몸에 엉겨 붙어서 뒹굴었다.

"야 이놈들아, 왜 밤중에까지 싸움박질이야! 이리 나왓!"

당직실에서 모니터로 아이들을 살피고 있던 선생님이 뛰어왔다. 김두훈 선생님이었다. 윤제는 가슴이 철렁했다. 생긴 모습부터가 험악해서 '헐크'라는 별명이 붙은 선생님인데, 아이들은 김두훈이라는 이름만 들어도 벌벌 떨었다.

"야 김윤제, 너 폭력으로 들어왔냐? 이놈의 자식 주먹깨나 쓰나 본데, 야, 주먹은 그렇게 함부로 쓰는 게 아니야. 알았어? 그리고 너 고개 들어 봐. 김, 영, 석, 넌 왜 얻어터졌어?"

영석이가 모르겠다는 표정으로 두 눈을 껌벅이며 고개를 절레절레 흔들었다. 싸움을 하면 감점을 당해 심리 결정에 영향을 준다던 말이 생각나서 윤제는 겁도 나고, 조금만 참을걸 하고 후회도 되었다.

"너 인마, 대가리에 오줌 들었어, 응? 왜 떳떳하게 말로 하지 않고 고개만 잘잘 흔들고 그래. 두 놈 다 주먹 꽉 쥐고 엎드려뻗쳐. 주먹 꽉 쥐어."

김두훈 선생님은 아예 의자를 들고 와서 벌서고 있는 윤제와 영석이 옆에 앉아 감시를 했다.

"이놈 봐라, 엄살은. 제대로 못 하겠어?"

영석이의 팔이 내려가자 선생님이 엉덩이를 걷어찼다. 윤제는 이를 악물고 견디려고 애를 썼지만 몇 번이나 무너졌고, 그때마다 내리치는 발길질에 다시 이를 악물어야 했다.

며칠 전에 '분노 조절 훈련'을 받고도 참지 못한 자신이 몹시 실망스러웠다.

특별 면회가 있는 월요일은 모두가 손꼽아 기다리는 날이다. 특별 면회 날에는 식구들이 음식을 싸 와서 강당에서 자유롭게 먹으며 이야기를 할 수 있었다. 그래서 아이들은 일요일 저녁이면 내일 있을 행복한 순간을 이야기했다. 윤제도 지난주에 엄마가 싸 왔던 김밥을 생각하자 마음이 부풀었다.

"너희들 특별 면회 때는 식구가 아무도 오지 않은 친구들 좀 살펴라. 음식도 나눠 먹고……."

아이들이 강당으로 가기 전에 선생님이 당부를 했다.

"석희야, 같이 가자."

윤제는 석희 손을 잡았다. 잠시 머뭇거리던 석희가 작은 눈을 반짝이며 따라 걸었다. 강당에서는 사람들이 벌써 음식 보따리를 풀고 있었다. 윤제는 엄마를 찾았지만 보이지 않았다. 석희까지 데리고 왔는데 엄마가 보이지 않으니 초조했다.

"야, 이리 와. 같이 먹자."

형기가 음식을 먹으며 소리쳤다. 윤제는 복도에서나 단체 체육 시간에 용호와 형기, 해일이, 준섭이를 가끔 만났지만 생각하기도 싫은 아이들이어서 못 본 체했다.

"윤제야, 일루 와."

며칠 전에 싸우고 나서 친해진 영석이가 손짓을 하며 불렀다. 혼자라면 몰라도 석희까지 데리고 온 터라 선뜻 내키지 않았다.

윤제는 문 앞에 멀거니 서서 면회 온 사람들을 바라보았다. 모두들 얼굴에 근심이 가득 차 있는 듯했다. 윤제는 문득 엄마의 고무 슬리퍼가 생각났다. 그리고 용호한테 받은 돈으로 산 엄마의 구두가 공터 쓰레기 더미 옆에 놓여 있는 걸 본 기억이 났다. 고무 슬리퍼를 끌고 다니면서도 새 구두를 쓰레기 더미에 갖다 버린 엄마의 마음이 어렴풋이 이해가 되었다.

"석희야, 미안하다. 우리 그만 방에 가자."

다른 사람들은 음식을 거의 다 먹은 듯했고 면회 시간도 얼마 남지 않은 것 같아서 윤제는 석희와 함께 방으로 돌아왔다.

'엄마가 어디 아픈가? 아니면 혹시 사고가……'

힘껏 도리질을 했지만 마음이 불안하기는 마찬가지였다. 면회 시간이 끝나고 아이들이 몰려 들어왔다.

"김윤제, 김윤제는 빨리 강당으로 나오세요. 어머니가 기다립니다."

방송 소리에 윤제가 벌떡 일어나서 뛰어나갔다. 반가움에 눈물이 핑 돌았다. 아무도 없는 넓은 강당에 엄마가 웃으며 서 있었다. 윤제는 엄마가 음식 보따리를 풀려는 순간 다시 방으로 뛰어가 철창에 입을 대고 소리쳤다.

"한석희, 빨랑 나와!"

석희가 나오자 윤제는 급한 마음에 손을 끌고 뛰었다.

"내가 혼이 나갔다. 인덕원역에서 버스를 갈아탔는데, 딴데 가는 버스를 타고서 깜빡 잠이 들었잖나. 차비를 쪼매이 가지고 나와서 택시를 탈 수가 있어야지. 버스를 타고 되돌아오느라고……."

엄마가 몹시 미안해하며 몇 번이나 한 얘기를 또 했다. 검게 탄 엄마 얼굴에 비 오듯 땀방울이 흘러내리고 있었다. 윤제는 김밥과 통닭을 먹으면서도 마음이 울컥거렸다. 이 더운 날씨에 음식 보따리를 들고 몇 번이나 버스를 갈아타며 동동거렸을 엄마 때문이었다.

석희는 윤제가 엄마와 이야기를 나누는 동안에도 음식을 먹느라 정신이 없었다. 그런 석희를 보고 엄마는 혀를 끌끌 찼지만, 윤제는 기분이 무척 좋았다.

오후에는 준모가 법원으로 심리를 받으러 간다고 했다. 단체복을 벗고 이곳에 들어올 때 입었던 옷으로 갈아입은 준모는 한층 의젓해 보였다.

"야 인마, 다시는 여기에 오지 마."

윤제는 장난스레 준모의 뺨에 주먹을 대며 말했다.

"알았어, 인마. 그런데 나는 단순 절도니까 보호 처분 1, 3호 쯤 결정될 거라고 선생님이 그랬지만, 넌 특수라서 7호 걸릴

207

까 봐 걱정이다, 인마."

그동안 윤제와 친해진 준모는 나가면서도 반장답게 윤제 걱정을 했다.

"겁주지 마, 인마. 밖에서 만나면 절대 아는 체하지 마!"

윤제는 옆방 반장 형이 나가면서 하던 말을 흉내 내어 대답하면서도 어깨에서 힘이 쭉 빠졌다. 자기는 정말 겁에 질려서 멋모르고 한 일인데 7호라니, 세상의 법이 참 무섭다는 생각이 들었다.

윤제가 마음이 답답해서 멍하니 앉았는데 옆에서 영석이가 어깨의 문신을 내보이며 말했다.

"본드 했을 때 형들이 새겼어. 이거 있으면 군대도 못 간다고 해서 걱정했는데 여기서 깨끗이 해 준대, 히히히."

영석이 어깨에 있는 문신은 독수리 모양이었다.

"존나 좋다. 레이저 수술 받으려면 되게 비싼데 잘됐지 뭐야. 그래도 겁난다. 많이 아프면 어쩌지?"

영석이가 레이저실로 내려가며 호들갑을 떨었다.

윤제는 처음 이곳에 올 때 철문을 들어서며 겁에 질려 떨던 생각이 났다. 하지만 막상 생활해 보니 겁에 질릴 필요가 없었다. 그리고 지금까지 자신이 무턱대고 모든 어른들을 오해하고 있었다는 생각이 들었다. 광산촌에서, 꽃마을에서 어른들은 제멋대로 술 마시고 싸우고 도망가고 악을 써 댔다. 아이들은 안중에도 없는 것 같았다. 그러나 여기에 있는 어른들은 다르게 느껴졌다. 아이들 마음을 이해하고 감싸며 돌봐 주었다.

윤제는 체육 선생님이 되고 싶었지만, 사실 그것보다도 얼른 어른이 되어 돈을 많이 벌고 싶었다. 무엇을 해서 어떻게 돈을 벌겠다는 구체적인 계획도 없었다. 그냥 어른이 되면 돈을 많이 벌어서 그 돈으로 착하게 살고 싶다는 생각만 있었다.

윤제는 문득 털보 아저씨가 도둑질을 하다가 경찰에 잡혀 갔을 때 엄마가 한 말이 생각났다.

"돈보다 중요한 게 세상에는 쌨다."

'돈보다 중요한 것?'

윤제는 왠지 가슴에서 따뜻한 바람이 이는 것 같았다. 아직은 그게 뭔지 잘 모르지만, 엄마 말처럼 이 세상에는 돈보다 더 중요한 게 꼭 있을 거라는 믿음이 생겼기 때문이다.

토요일은 부모들이 합동 교육을 받는 날이라 수업이 없다. 오전에는 교육을 받으러 온 부모들과 면회하고, 오후에는 정신 교육과 보건 위생 그리고 독서 지도를 받으면 된다.

"윤제야, 너 면회 나갈 때 선생님하고 같이 가자. 네 심리
일도 며칠 안 남았는데 선생님이 너희 어머니께 인사를 드
리고 싶어서 그래."

"왜요?"

"이 복받은 놈아, 너희 어머니 같은 분이 세상에 어디 계시
니? 존경하는 마음으로 인사드리러 간다, 왜?"

선생님도 엄마가 그 어려운 환경 속에서도 윤제를 위해
애쓰는 걸 알고 있는 모양이었다.

오늘도 어김없이 엄마는 종종걸음을 치며 면회실에 들어
섰다.

"윤제야, 태욱이하고 혜미가 니 보고 싶다고 하더라."

엄마가 뜬금없이 태욱이와 혜미 이야기를 꺼냈다.

"태욱이하고 혜미가?"

윤제가 미심쩍은 얼굴로 물었다.

"어머니, 혜미가 윤제 여자 친구예요."

옆에 앉은 선생님이 싱긋 웃으며 말했다. 애들이 여자 친
구 이야기를 할 때, 윤제가 혜미를 좋아한다고 한 말을 들은
모양이었다. 선생님 말에 윤제 얼굴이 붉어졌다.

"사실은 갸들이랑 같이 왔는데……."

"예에, 태욱이가요?"

"하도 졸라서 혜미도 데리고 왔다."

윤제는 깜짝 놀랐다. 혜미랑 태욱이가 면회를 오다니! 윤제는 가슴이 뛰었다. 엄마가 밖에 나가더니 아이들을 데리고 들어왔다.

"윤제야!"

"……."

"윤제야, 이거."

혜미가 배시시 웃으며 가방에서 작은 화분을 꺼내 내밀었다. 투명 비닐에 싸인 화분 안에 노란 꽃송이들이 보였다. 얼떨결에 화분을 받아든 윤제가 어색하게 서 있자 선생님이 말했다.

"야 김윤제, 여자 친구한테서 꽃을 받았으면 고맙다는 말은 해야지."

"아, 아닌데. 그래도 고마워!"

윤제의 어정쩡한 표정이 재미있어서 모두 다 웃었다.

태욱이는 말없이 윤제를 바라보았다. 윤제는 그런 태욱이가 오래전부터 아주 친하게 지낸 친구처럼 느껴졌다. 그동안 서로 두들겨 패고 맞으면서 미운 정 고운 정이 다 든 모양이었다.

"김윤제, 난 네가 좋았어."

211

태욱이가 했던 말이 생각났다. 윤제도 태욱이에게 말해 주고 싶었다.

'태욱아, 나도 니가 좋아.'

그러나 소중한 말은 아껴서 가슴에 꼭꼭 담아 둬야 할 것 같아서 윤제는 그 말을 속으로 삼켰다.

혜미는 여전히 정말 예뻤다. 혜미를 만나고 싶어 동네를 헤매던 일, 혜미의 관심을 끌기 위해 거울 앞에 서 있던 일들이 생각나 윤제는 공연히 혼자 얼굴을 붉혔다.

윤제는 태욱이와 혜미를 보면서 하루빨리 이 아이들처럼 자유로운 바깥세상으로 뛰어나가서 보고, 만지고, 냄새를 맡고 싶다는 생각이 절실했다.

"꽃 잘 키워!"

혜미가 윤제를 보고 웃으며 말했다.

"응, 잘 가!"

윤제도 혜미를 보고 웃었다.

태욱이는 윤제에게 다가와 말없이 손을 꼭 잡았다.

"태욱아!"

윤제가 태욱이를 불렀지만 태욱이는 얼른 손을 놓고 돌아섰다. 태욱이 눈에 투명한 물방울이 어린 게 얼핏 보였다. 윤제는 문을 나가는 엄마와 아이들의 뒷모습을 보면서 지그시 입술을 깨물었다. 혼자 떨어져 있다는 게 얼마나 큰 슬픔인지 이제는 정말 알 것 같았다.

결정

존경하는 재판장님.

열 번째 탄원서를 씁니다. 오늘도 윤제를 면회하러 갔다 왔습니다. 아이가 영어 시간에 배웠다고 뭐라고 그러는데 제가 잘 알아듣지 못하자 제 손바닥에 써 가며 설명을 해 주더군요. "아임 프라이드 오브 마이 맘" 엄마가 자랑스럽다고요. 오늘도 담임 선생님이 윤제는 착실하게 공부도 잘하고 아이들하고도 친하게 지내니 걱정하지 말라고 하셨어요. 어미가 싸 간 김밥을 먹으며 천진스럽게 웃는 아이를 보면서 다시 마음에 새겼습니다. 어떤 일이 있더라도 저는 제 자식을 포기하지 않겠습니다. 재판장님께서 한 번만 용서해 주신다면 뼈를 깎는 한이 있더라도 저는 아이를 지킬 것입니다. 재판장님, 이 밤도 안녕히 주무십시오.

죄 많은 윤제 어미 올림.

엄마는 새벽에 일어나 빌딩 청소를 하고 들어와서 혁제를 학교에 보냈다. 그리고 곧장 법원으로 가서 지난밤에 쓴 탄원서를 제출했다. 탄원서를 제출하는 가정 법원 민원실은 다행히 집 앞 법원 안에 있었다.

"소년범들은 부모의 관심이 심리 결정에 많은 도움이 됩니다. 부모가 포기하지 않는 한 아이들은 반드시 제자리로 돌아오니까요."

소년분류심사원에 면회 간 첫날 선생님이 하던 말이 가슴에 못처럼 박혀 엄마는 면회를 하루도 거를 수 없었다.

엄마, 지금은 쉬는 시간이어서 잠깐 편지 써요. 형이 보고 싶어요. 영진이 형도요. 하지만 형들을 데리고 오지는 마요. (특히 우리 형, 이런 데 오는 거 싫어할 테니까.) 이제 집에 가면 형 말 잘 듣겠다는 말만 전해 줘요. 어제 엄마가 사 준 샴푸를 옆 반 형이 가져갔어요. 한판 붙고 싶었는데 참았어요. (엄마, 나 잘했지? 히히히.) 이제 사다 주려면 어제 것보

215

다 작은 거 사다 줘요. 팬티도 두 장요. 엄마, 제발 선생님하고 얘기할 때 얼굴 좀 펴요. 자꾸 굽실거리지 말고요. 엄마, 사랑해요.

윤제가.

엄마는 버스를 타고 오는 내내 윤제가 준 편지를 읽고 또 읽었다. 엄마도 윤제한테 자주 편지를 썼지만 윤제는 엄마보다 더 많이 썼다. 엄마는 윤제가 손에 쥐여 준 편지를 아예 가방에 넣고 다니며 틈날 때마다 읽고 또 읽었다.

사랑하는 아들아.

지금 형하고 아빠하고는 자는데 엄마는 옆에서 너한테 편지 쓴다. 요즘 아빠는 술도 거의 안 먹고 착실하시단다. 또 미장일을 배워서 일도 꾸준히 있다. 너만 집에 돌아오면 우리 집도 다시 예전처럼 행복하게 살 수 있을 거야. 우리 아들이 엄마 맘 알고 싸우지 않은 거 정말 잘했다. 큰 애들이 뭐라 해도 참아야 돼. 선생님도 네 성적이 좋다고 칭찬하시는데 한 번 싸우면 이때껏 노력이 물거품 된다. 엄마는 우리 윤제한테 잘 참고 좋은 성적 받아서 집에 오라고, 그 말 하러 매일 면회 가는 거야. 윤제야, 누가 놀리거나 때려도 참고 싸우지 마라. 너는 내 아들이야. 사랑한다.

윤제를 세상에서 가장 사랑하는 엄마가.

엄마는 방바닥에 엎드려 볼펜을 꾹꾹 눌러 가며 윤제에게 편지를 썼다. 편지를 쓰면서도 윤제의 사랑스러운 모습이 눈앞에 아른거렸다.

세상에서 가장 좋은 엄마.

이 편지 쓰기 전에 이런 생각 했어요. 내가 그동안 놀지만 말고 책도 읽고 공부도 열심히 했다면 편지를 더 잘 쓸 수 있을 텐데 하는 생각요. 엄마가 오늘 속상해서 소리 지른 것 이해해요. 나도 참으려고 했는데 그 자식이 형 사진을 보고 고릴라 같다고 놀리잖아요. 그래도 참아야 했는데. 선생님 한테 벌도 받고 반성문도 썼어요. 이젠 정말 참을게요. 엄마, 이 얘기 형한테는 하지 마요. 석희가 자기는 엄마가 있으면 업고 다니겠대요. 되게 불쌍해요. 엄마, 돈 없는데 아버지한테 혼나지 말고 뭐 자꾸 사 오지 마요.

엄마를 젤로 사랑하는 아들 윤제가.

엄마는 며칠 전에 윤제가 건네준 편지를 다시 읽으며 또 한번 후회했다. 윤제가 싸웠다는 말을 듣고 벌컥 화를 내며 소리를 질렀던 것이다.

'저도 노력하고 있는데…….'

윤제가 하루하루 무사히 넘겨야 심리 때 결정이 잘 나오기 때문에 엄마는 늘 아슬아슬한 줄타기를 하고 있는 심정이었다.

내일이 윤제의 심리날이다. 윤제가 미성년자라서 부모가 반드시 심리에 참관해야 한다는 출석 요구서를 보고도 아버지는 입도 뻥끗하지 않았다. 엄마는 야속한 마음이 들어 오늘 저녁에는 아버지를 붙잡고 말이라도 한번 해 볼 참이었다. 그런데 아버지는 여느 날보다 더 술에 취해 가지고 들어와 신발을 벗자마자 그대로 방바닥에 고꾸라졌다.

엄마는 술에 곯아떨어진 아버지를 보니 '어떻게 애비가 되어서 저 모양이냐?' 싶은 생각에 괘씸하기가 이루 말할 수 없었다. 엄마는 속이 터져서 도저히 자리에 눕지 못하고 밖으로 나왔다. 윤제에게 신경 쓰느라 언제 여름이 지나갔는지도 몰랐는데 벌써 서늘한 가을바람이 목덜미를 스쳤다. 내일 윤제의 심리가 열릴 법원 쪽으로 발걸음을 옮기다가 고양이 울음소리를 듣고 걸음을 멈추었다. 끝내 할머니가 어둠 속에 웅크리고 앉아 있었다.

"할머니, 제발 우리 윤제 일이 잘 되게 빌어 주세요."

엄마는 끝내 할머니의 손을 잡고 간절히 말했다.

"빨갱이를 때려잡아."

끝내 할머니가 엄마를 똑바로 쳐다보며 대답했다.

엄마는 법원 쪽으로 다시 걸어가며 법원 건물을 올려다보았다. 법원 앞에 살면서도 저곳과는 아무 상관이 없을 줄 알았다. 그런데 내일 저 안에서 윤제의 심리가 결정된다고 생각하니 기가 막혔다.

'꽃마을 교회'

눈앞에 빨간 십자가 불이 보였다. 교회를 다닌 적은 없지만 하나님에게 매달려 보고 싶었다. 교회 문을 열고 안으로 들어갔다. 어떤 아이가 무릎을 꿇고 기도하고 있었다. 엄마도 그 아이 뒤에 가서 살며시 무릎을 꿇었다. 그때 아이의 기도 소리가 귀에 들렸다.

"하나님, 윤제를 도와주세요. 내일 판결을 받는대요. 윤제가 내일 집으로 돌아오게 해 주세요. 그리고 다시는 나쁜 아이들과 어울리지 않도록 도와주세요. 그 아이는 참 착해요. 하나님 아시잖아요."

혜미였다. 엄마는 혜미가 기도하는 소리를 듣고 울음이

치밀어 올라 참을 수가 없었다. 지금까지 용케 참아 왔던 눈물이 걷잡을 수 없이 쏟아졌다. 엄마는 울었다.

뜬눈으로 밤을 지샌 엄마는 새벽녘에 깜빡 잠이 들었다. 윤제가 활짝 웃으며 "엄마!" 하고 문을 열고 집에 들어섰다. 깜짝 놀라서 깨어 보니 꿈이었다. 아버지는 벌써 일어나 일을 나가려고 옷을 입고 있었다.

'꿈은 반대라는데…….'

엄마 몸에서 힘이 쏙 빠져 나갔다.

"혁제 아버지, 오늘 같이 안 갈래요?"

엄마가 조심스럽게 입을 뗐지만 아버지는 말없이 밖으로 나갔다.

혼자서 법원으로 가는 엄마의 발걸음은 천근만근 무거웠다. 윤제의 심리는 가정법원 소년1 단독 375호 법정에서 열렸다. 다른 아이들의 부모들도 속속 들어왔다.

'10시 40분, 특수 절도 김윤제'

엄마는 문 앞에 걸어 둔 '오늘의 심리 안내'에서 윤제의 이름을 확인하자 눈을 꼭 감고 손을 모았다.

심리는 비공개로 열렸다. 이름을 부르면 그 아이 부모만 안으로 들어갈 수 있었다.

"에이, 새대가리 같은 놈!"

용호 아버지가 욕지거리를 하며 제일 먼저 들어갔다. 엄마는 윤제 이름이 들릴 때까지 꼼짝도 할 수가 없어서 그 자리에 얼어붙은 듯 앉아 있었다. 다음은 형기 엄마가 들어갔다. 형기 엄마는 뾰족구두에 반짝거리는 까만 핸드백을 든 멋쟁이였다. 형기 이름을 부르자 형기 엄마는 대답 대신 의자 위에 놓아둔 핸드백을 집어 들며 "아유, 속상해서……." 라고 중얼거렸다.

'하나님, 우리 윤제를…….'

엄마는 눈을 감고 간절히 기도를 했다.

"어험……."

그때 귀에 익은 헛기침 소리가 들렸다.

"김윤제 보호자 들어오세요."

엄마가 뒤에 서 있는 아버지를 놀란 눈으로 돌아보는데 윤제의 이름이 불렸다. 엄마는 얼른 법정 안으로 들어갔다. 엄마가 들어서자 옆문에서 윤제가 걸어 나왔다. 엄마 눈에는 방금 도착한 남편도, 단 위에 앉아 있는 판사도 보이지 않았다. 오직 윤제만 보였다.

"보호자는 자리에 앉아 주십시오."

엄마가 윤제 뒤에 앉자 아버지도 엄마 옆에 앉았다. 가늘게 떨리고 있는 윤제의 어깨를 보자 엄마는 입술이 바짝바짝 타들어 갔다.

"김윤제."

"네!"

판사가 윤제의 이름을 부르자 엄마가 자리에서 벌떡 일어났다. 판사가 엄마를 물끄러미 내려다보더니 말을 이었다.

"특수 절도에 대한 보호 처분 결정. 김윤제를 소년법 제32조 2항의 6호를 선고하며 단기 6개월 소년원에 송치하려는 결정에 앞서……."

소년원 송치라는 말을 듣자 엄마는 그 자리에 주저앉았다. 윤제도 고개를 푹 떨구었다.

"김윤제."

판사가 부드러운 목소리로 윤제를 불렀다.

"……."

"윤제는 돌아서서 어머니를 봐라."

판사의 말에 윤제가 멍한 표정으로 잠시 서 있더니 이내 정신을 차리고 엄마를 돌아보았다. 엄마의 눈물이 볼을 타고 흘러서 턱 밑으로 떨어졌다. 윤제와 엄마의 눈이 마주쳤다. 윤제가 입술을 꼭 깨물며 다시 돌아섰다.

"김윤제!"

윤제의 발밑으로 눈물 한 방울이 뚝 떨어졌다.

"오늘 본 법정에서 판사인 나는 어머니의 심정으로 말한다. 윤제는 그동안 어머니가 너를 위해서 어떻게 살아오셨는지 알 거다. 오늘 본 판사는 너의 죄를 보지 않고 너희 어머니의 고통과 너를 향한 그 사랑을 참작해서 너를 한 번만 용서하기로 한다."

순간, 법정 안의 공기가 딱 멈추었다. 숨소리도 들리지 않았다.

"윤제야, 다시는 죄짓지 마라. 본 판사는 제37조 1항 '처분의 변경'을 적용하여 본 판사의 임의로 김윤제에게 32조 6호를 32조 1호로 변경 결정한다. 김윤제를 부모에게 돌려보내고 보호자에게 위탁한다. 이상."

엄마가 자리에서 벌떡 일어섰다. 아버지도 일어섰다. 엄마는 터져 나오는 울음을 두 손으로 막으며 꺽꺽거렸다.

윤제를 데리고 집으로 돌아오는 엄마의 발걸음은 날아갈 것 같았다. 앞서 성큼성큼 걸어가던 아버지도 주먹으로 눈가를 쓰윽 닦았다.

윤제는 동네에 들어서면서 옹기종기 붙어 있는 하우스를 바라보았다. 낡은 보온 덮개 밑으로 사람들의 알콩달콩한 이야기들이 들리는 것 같았다. 그 이야기는 눈을 감고 있어도 들려오는 낯익은 것들이었다.

방문을 열자 이제는 제법 자란 제순이가 팔딱팔딱 뛰면서 윤제를 반겼다.

"윤제야, 두부 먹어!"

학교에서 돌아온 혁제가 두부를 내밀었다.

"형!"

"헤헤헤, 너 두부 먹어야 감방 안 간대."

윤제는 형의 어리광을 보면서 가슴이 뭉클했다.

"윤제야, 공부하자."

영진이가 변함없이 활짝 웃으며 찾아왔다.

"영진이 형!"

"자식, 선생님은 기다리는데 제자가 사라지면 어떡하니?"

영진이가 윤제의 머리를 쿡 쥐어박았다. 윤제는 자기 같은 아이를 포기하지 않고 다시 찾아온 영진이 형이 무척 고마웠다. 그러지 않아도 윤제는 영진이 형 볼 낯이 없어서 고민이었다. 틀림없이 영진이 형이 실망하고 돌아서리라 생각했다.

"형, 미, 미안해!"

"미안하니? 그럼, 많이 미안해야지. 김윤제, 다시 시작하는 거다, 이 꼴통아. 스승이 하산하라고 할 때까지 이젠 꼼짝

하지 말고 공부해야 돼."

영진이가 윤제의 어깨를 끌어안았다. 그때였다.

"윤제야!"

태욱이가 활짝 웃으며 문을 열고 들어섰다. 태욱이가 윤제에게 손을 내밀었다. 윤제는 태욱이의 손을 꽉 잡았다.

소문

"윤제야, 어제 선생님이 안 그랬나. '다른 아이들보다 보름 쯤 늦었지만 그래도 오늘이 2학기 개학날이다.' 하고 생각하라고. 혁제 니는 동생하고 좀 같이 가거라. 같은 학교 다니면서 전처럼 만날 혼자 내빼지 말고. 윤제는 어깨 좀 펴고."

엄마는 아침부터 마음이 들떠서 종달새처럼 말했지만 윤제는 걱정이었다. 어제 오후에 엄마하고 학교에 가서 선생님은 미리 만나고 왔지만, 반 친구들을 만날 생각을 하니 마음이 복잡했다.

"윤제야, 빨리 가자."

형이 엄마 말대로 같이 가려는지 가방을 메고 나서며 말

226

했다.

"형 먼저 가. 기철이가 와야지."

윤제는 어제 문 앞에 와서 고개를 빼꼼 내밀었다가 뛰어가던 기철이가 생각나서 머뭇거렸다.

"기철이 안 온다. 기다리지 말고 그냥 가라. 갸 아버지가 어떤 사람인데……."

엄마가 윤제의 눈길을 피하며 말끝을 흐렸다. 엄마 말을 듣고 보니 윤제도 짚이는 게 있었다. 어제 분명히 눈길이 마주쳤는데도 말 한마디 없이 뛰어가던 기철이의 모습이 떠올랐다. 기철이 아버지가 워낙 무서운 사람이니까 아마 윤제랑 놀면 죽인다고 을러멨을 거다. 지난번에도 파출소에서 풀려난 뒤 무진장 맞았다는 이야기를 들었다.

윤제는 마음이 섭섭했지만 형을 따라나섰다. 형은 여전히 마을을 돌아서 숨어 다니는 모양이었다. 이제는 뒤쪽 하우스도 거의 철거가 되어 여기저기 빌딩을 짓고 있는 공사 현장을 지나면 금방 큰길이 나와서 숨어 다닐 곳도 없었다. 그런데도 끝까지 이 길을 고집하는 형이 우스웠지만, 그래도 같이 가 주는 형이 고마워서 윤제는 말없이 걸었다.

교실에 들어서자 몇몇 아이들이 고개를 갸웃거리며 윤제를 쳐다보았다. 하지만 선뜻 다가와서 물어보는 아이는 없었다. 윤제는 멋쩍게 웃으며 자리에 앉았다.

기철이가 문에 붙어 서서 고개를 빼꼼 내밀고 윤제를 보더니 후닥닥 달아났다.

'저 새끼가 저게…….'

윤제는 은근히 부아가 났지만, 그렇다고 쫓아가서 따질 수도 없는 노릇이라 그대로 앉아 있었다. 조금 있으니 기철이가 황급히 뛰어와서는 윤제 책상 위에 작은 비닐봉지를 놓고 뛰어가며 말했다.

"윤제야, 그거 먹어."

봉지 속에는 콩알같이 동그란 색색깔의 초콜릿이 들어 있었다. 초콜릿 알들이 또렷또렷하지 않고 조금씩 귀퉁이가 녹은 걸 보면 사 놓은 지 꽤 된 것 같았다.

'웃기는 녀석!'

윤제는 콧등이 찌릿해서 초콜릿을 꽉 움켜쥐었다.

"야, 너 전학 가지 않았어?"

짝꿍 진욱이가 교실에 들어오며 의아한 눈빛으로 물었다. 윤제는 얼굴에 웃음을 띠며 고개를 저었지만 내심 불안했다. 진욱이가 윤제의 소문을 듣고 묻는 건지, 아니면 정말 아무것도 모른 채 단순히 전학을 간 줄 알고 묻는 건지 알 수가 없었다. 윤제는 교실에 앉아 있는 게 몹시 어색하고 서먹서

먹했다. 아이들이 자기를 힐끗거리는 것 같기도 하고 뭐라고 쑥덕거리는 것 같기도 했기 때문이다.

시작종이 울리고 교실에 들어온 선생님이 출석을 부르다가 윤제를 바라보았다. 윤제는 가슴이 뜨끔해서 얼른 고개를 숙였다. 초등학교 때 땡땡이를 치고 엄마한테 붙잡혀서 학교에 가던 생각이 났다. 도둑이 제 발 저린다고 선생님과 눈길이 마주칠 때마다 얼마나 가슴이 쿵 내려앉았던가!

첫째 시간은 사회 시간이었다.

"어! 저 뒤에 키 큰 놈. 너, 안 보이더니 어디 갔다 왔어?"

아이들을 쭉 둘러보던 사회 선생님이 큰 소리로 물었다. 윤제는 대답 대신 고개를 푹 숙였다.

"자식이 말이야, 선생님이 물으면 대답을 해야지. 자, 공부 시작하자."

성격이 유들유들하고 농담을 잘하는 선생님이어서 대수롭지 않게 물어봤을 테지만, 윤제는 지레 겁을 먹고 공부 시간 내내 선생님의 눈길을 피하느라고 진땀을 뺐다.

첫째 시간이 끝나자 아이들은 왁자지껄 떠들어 댔지만 윤제는 혼자 앉아 있는 게 어색해서 밖으로 나왔다. 뒤뜰의 단풍잎은 벌써 가을맞이를 시작했는지 제법 붉은빛을 띠어 가고 있었다.

'아이 씨, 나 혼자야!'

아이들은 바글거리는데 마음을 나눌 친구가 없었다. 갑자기 태욱이가 보고 싶어졌다.

"정태욱 인마, 니가 내 고독을 알아?"

중얼거리는 윤제 가슴에 서늘한 바람이 스쳤다.

윤제는 교실로 들어가려다가 화장실로 갔다. 시작종이 울릴 때가 되었는지 아이들이 후닥닥 뛰어갔다.

"야, 김윤제 그 새끼 감방 갔다 왔다더라."

"감방?"

"그래, 근데 그 새끼는 쪽팔리지도 않나 봐."

"그 새끼 원래 재수 없게 생겼잖아."

화장실 문을 막 들어서는데 같은 반 근수와 우람이의 말소리가 들렸다.

'이 새끼들이……'

윤제는 속에서 불이 확 일면서 주먹이 부르르 떨렸다.

"야 이 새끼들아, 지금 뭐라고 했어?"

윤제는 생각할 겨를도 없이 오줌을 누고 있는 우람이에게 주먹을 날렸다. 시작종이 요란하게 울렸다. 옆에서 오줌을 누던 근수가 바지춤을 잡고 황급히 달아났다. 윤제에게 얼굴을 정통으로 맞은 우람이의 코에서 코피가 흘러내렸다.

"다시 말해 봐 인마, 뭐라고?"

윤제가 눈을 부라리며 소리를 지르자 우람이가 손등으로 코피를 문지르다가 갑자기 윤제를 확 밀면서 소리쳤다.

"새끼야, 왜 때려!"

윤제가 세면기 쪽으로 엉덩방아를 찧으며 넘어졌다. 세면기에 머리가 부딪혀 정신이 아찔했다. 우람이가 윤제를 깔아뭉개며 주먹을 날렸다. 화장실 바닥에서 엎치락뒤치락하는데 담임 선생님의 날카로운 목소리가 들렸다.

"이 녀석들, 그만두지 못해!"

그제야 정신을 차린 윤제가 먼저 일어났다. 우람이가 식식거리며 선생님에게 윤제를 일러바쳤다.

"일단은 둘 다 따라왓!"

선생님은 몹시 언짢은 얼굴로 앞서 걸었다.

"치사한 새끼들!"

윤제가 중얼거리는 소리를 듣고 선생님이 돌아섰다.

"강우람 넌 교실에 가 있어. 김윤제 넌 따라와."

윤제는 선생님을 따라 교실 옆에 붙어 있는 자료실로 들어갔다.

"야 김윤제, 뭐 치사하다고? 선생님은 네가 더 치사해 보인다. 우람이와 근수가 없는 말 했니? 맞잖아. 그런데 뭐가

치사하니? 너, 학기 초에도 가정 환경 조사서 써 오라고 할
때 찍찍 그어서 가져왔지? 그때는 그렇게 고집부리는 이유
를 잘 몰랐는데 알고 보니 넌 정말 비겁한 애구나. 뭐가 창피
하니? 가난한 게 그렇게 창피해? 애들이 네 말을 하는 게 그
렇게 창피하니? 그게 창피하면 더 열심히 노력해. 비굴하게
비켜 가려고만 하지 말고 있는 그대로를 받아들여. 정신 똑
바로 차리고 이겨 내란 말이야."

윤제는 선생님이 두 눈을 부릅뜨고 소리를 치자 고개를
푹 숙였다. 소년분류심사원에 있을 때 그렇게 분노 조절 훈
련을 받고도 참지 못한 자신이 미웠다.

잠시 침묵이 흐른 뒤 선생님이 말을 이었다.

"윤제야, 물론 힘들다는 거 선생님도 알아. 그렇지만 네가
성실하게 잘하면 그깟 소문 따위는 물거품처럼 사라지고 말
거야. 힘내!"

윤제는 가늘게 떨리는 선생님의 목소리를 들으며 어금니
를 꽉 깨물었다.

"지희야."

윤제는 학교에서 돌아오다가 공터에서 놀고 있는 옆집 지
희를 보자 반가워서 웃으며 다가갔다.

"윤제 오빠 경찰에 잡혀서 감옥 갔다 왔지? 나도 다 알아."

지희가 발딱 일어서며 또랑또랑한 목소리로 톡 쏘았다.

"뭐야!"

윤제는 깜짝 놀라서 자기도 모르게 손이 올라갔다. 그러나 말간 눈빛으로 빤히 쳐다보는 지희를 보자 슬그머니 손이 내려갔다. 그때 엄마가 당부하던 말이 생각났다.

"윤제 니 당분간은 집에 가만히 붙어 있거라. 동네 애들 찾아 공터에도 나다니지 말고. 세상에 소문이 무서워서……."

윤제는 입술을 지그시 깨물며 돌아섰다. 학교에서나 동네에서나 보이지 않는 사슬이 자신을 옭아매고 있는 것 같아 마음이 몹시 답답했다. 벌써 소문이 쫙 퍼져서 사람들이 모두 자기를 향해 손가락질을 하고 있는 것만 같았다. 윤제는 방에 들어와 머리를 처박고 주먹으로 이불을 푹푹 쳤다.

"내가 뭘 어쨌다고! 내가 지들한테 뭘 어쨌다고!"

생각할수록 억울하고 분했다. 당장 달려나가 자기를 비웃는 녀석들을 모조리 후려치고 싶었다.

"김윤제, 넌 김윤제야. 그런데 김윤제가 아니야!"

윤제는 울면서 소리쳤다.

"윤제야!"

태욱이였다. 윤제는 재빨리 눈물을 훔치고 문을 열었다.

"어, 너 왜 그래? 무슨 일이야?"

"아니야."

윤제의 얼굴빛을 본 태욱이가 고개를 갸웃거리며 방으로 들어왔다. 윤제는 태욱이의 눈길을 피하며 고개를 흔들었다. 소년분류심사원에 있을 때 면회 왔다가 뒤돌아서며 울던 태욱이, 엊그제 집으로 돌아왔을 때 활짝 웃으며 먼저 손을 내밀던 태욱이. 누가 뭐라 해도 태욱이만은 진심으로 자기를 대한다는 생각이 들었다.

윤제는 말꼬리를 돌리려고 짐짓 딴청을 부리며 혜미 소식을 물었다.

"혜미는 뭐 하냐?"

"공부. 걔, 공붓벌레잖아. 변호사가 돼서 불쌍한 사람들을 도와주겠다나. 하지만 내가 아빠처럼 되면 절대로 날 위해서는 변호해 주지 않겠대. 요즘 걔 때문에 진짜 열받아. 엄마가 걔만 좋아하고 나는 공부 못한다고 차별하거든."

"나 혜미 되게 좋아했는데……."

"정말? 어쩐지 혜미를 보는 눈빛이 다르더라니. 그런데 걔가 콧대가 좀 높아서 너 같은 깡패는 별로 안 좋아할걸? 히히히."

태욱이가 놀리자 윤제는 금세 얼굴이 발개졌다.

"뭐, 이 새끼야!"

윤제가 달려들어 귀를 잡아당기자 태욱이가 엄살을 부리며 말했다.

"왜, 꼽냐? 그럼 너도 깡패짓 하지 말고 이 행님처럼 공부를 하면 되잖아."

"니가 깡패지 왜 내가 깡패냐? 안 그래도 동네 사람들이 나보고, 씨……."

윤제가 눈물이 글썽해져서 말을 잇지 못하자 태욱이가 장난스럽게 윤제의 가슴에 머리를 박으며 윤제를 끌어안았다.

"울지 마, 인마. 나도 아빠 감방 가고 엄마랑 하우스에 살러 오면서 괜히 화가 나서 폼 잡았는데…… 너도 알지? 내가 개폼 잡은 거 다 뻥이야. 동네 사람들이 너보고 뭐라고 하는지 나도 다 알아. 미안해, 나 때문에……."

윤제는 태욱이의 젖어 드는 목소리에 얼른 고개를 들고 주먹으로 두 눈을 누르며 말했다.

"아이, 쪽팔려. 야, 혜미한테 절대 말하지 마. 내가 걔 좋아한다는 거……."

윤제가 웃으며 주먹으로 눈두덩을 누를 때마다 눈물방울이 꾹꾹 찍혀 나왔다.

철거

    윤제네 집 뒤쪽에서 불이 났다. 합의가 끝나서 거의 다 이사를 가고 끝네 할머니 혼자 살고 있는 곳이었다. 동네가 철거 문제로 어수선하지 않았다면 누구라도 나서서 할머니가 살 집을 옮겨 지어 줬겠지만, 지금은 너나없이 바투 다가온 철거 문제 때문에 할머니를 돌아볼 겨를이 없었다.

    불은 이미 하우스 한 동 전체로 퍼져 나갔고, 막 도착한 소방차에서 소방대원들이 호스를 풀어 내리고 있었다.

    "끝네 할머니가 불 속에 있다!"

    누군가가 큰 소리로 외쳤다.

    "끝네 할머니다!"

연달아 또 소리가 들렸다.

윤제는 가까이 다가가서 불 속을 들여다보았다. 활활 타오르는 불길 속에서 끝네 할머니가 춤을 추듯 두 팔을 너풀거렸다. 대동제 때 불 속으로 뛰어들던 할머니 모습이 떠오르자 다리가 후들거렸다. 사람들이 할머니를 구해야 한다고 웅성거렸지만 불이 사방에서 활활 타올라 가까이 갈 수가 없었다. 안타까움에 비명을 지르며 발을 동동 구르던 사람들이 체념을 했는지 그 자리에 얼어붙은 듯 멈춰 섰다.

타다타닥…… 탁탁, 타다닥…….

윤제는 두 눈을 꼭 감았다.

"야아옹, 야아옹."

고양이 울음소리가 들렸다.

"모두 비켜요, 비켜!"

소방관들이 호스를 들이대고 물을 뿌리기 시작했다. 붉게 타오르던 불꽃이 굵은 물줄기를 맞고 픽픽 쓰러졌다. 검은 연기가 불쑥 솟아오르고 나서 끝네 할머니의 모습은 다시 보이지 않았다.

윤제는 물줄기를 피해서 사람들 쪽으로 오고 있는 고양이를 보았다. 끝네 할머니가 고양이를 가슴에 꼭 안고 있던 모습이 어른거렸다. 자기를 가슴에 안아 주던 할머니가 죽었

는데도 아무 일도 없는 듯 핼끔거리는 고양이를 보자 윤제
는 화가 났다.

"나쁜 놈의 새끼!"

윤제는 자기도 모르게 고양이를 힘껏 걷어찼다.

"끝네 할머니, 다 가지고 가소. 이 마을 사람들의……."

엄마의 목울대에서 꺽꺽 쉰 소리가 났다.

붉게 타오르던 끝네 할머니의 모습이 자꾸만 눈에 어른거
리고 속에서 뜨거운 덩어리가 치밀어 올랐다. 윤제는 두 눈
을 부릅뜨고 하늘을 올려다보았다. 새파란 하늘에는 무심한
구름만이 점점이 흘러가고 있었다.

끝네 할머니가 죽고 난 뒤 마을에는 철거 바람이 불어닥
쳤다. 위치에 따라서 땅임자가 다르니 어떤 곳은 합의가 되
어 이사를 가지만, 어떤 곳은 돈 한 푼 못 받고 강제로 쫓겨
나기도 했다. 윤제네가 살고 있는 하우스의 땅임자는 얼굴
도 내비치지 않고 간간이 계고장만 보내 사람들의 마음을
불안하게 했다.

동네가 어수선해지자 윤제네와 가까이 살고 있는 사람들
은 화재를 예방하기 위해 가스통 밸브를 꼭꼭 잠그고, 너덜
거리는 하우스 비닐과 보온 덮개를 단단히 맸다. 그리고 만
약을 대비해서 집 가까이 소방차가 들어올 수 있도록 길을

넓히고, 진입로에 차들을 주차하지 못하도록 감시했다.

그런데 어느 날, 소방차가 들어올 수 있도록 넓혀 놓은 진입로에 포클레인 두 대가 떡 버티고 서면서부터 사람들의 낯빛이 변했다.

"법원 앞은 오늘로 철거가 다 끝났대요. 이제는 하우스도 얼마 안 남았네."

엄마가 나직이 한숨을 내쉬며 말하자, 아버지도 근심이 가득한 얼굴로 한숨을 쉬었다.

"윤제 니도 학교 갔다 오면 집에 꼭 붙어 있거라. 철거반이 올지 모르니까⋯⋯."

'뭐, 내가 집에 있다고 철거반이 안 오나?'

윤제는 엄마 말을 속으로 되받고는 혼자서 웃었다. 전 같으면 속에서 삭일 새도 없이 냉큼 입 밖으로 튀어나왔을 말을 요즘은 스스로 생각해도 잘 참는 것 같았기 때문이다. 만약 철거반이 들이닥치면 최소한 아버지가 장판 밑에 넣어둔 저금통장이라도 지켜야겠다고 생각했다.

"엄마 아빠, 철거반이 들이닥치면 다치지 않게 멀찍이 피해요. 아버지는 괜히 술 먹고 야단하지 말고요."

형이 불퉁한 목소리로 툭 내뱉었다.

윤제는 학교에 가서도 문득문득 집이 걱정되어 안절부절

239

못했다. 철거반이 인정사정없이 하우스를 때려 부수던 광경이 떠오르기도 하고, 금방이라도 집이 철거되어 폭삭 내려앉아 있을 것만 같기도 했다. 그래서 학교에서 돌아올 때도 가슴이 철렁거려 종종걸음을 쳤다.

"윤제야, 공 차러 가자."

태욱이가 아직까지 공터에 나가기를 꺼려 하는 윤제의 손을 잡아끌었다.

윤제는 공터로 가는 길에 대현이 할아버지 방을 들여다보았다. 대현이 할아버지는 변함없이 그 자리에 누워 있었다.

"냄새 덜 나지?"

태욱이가 물었다. 정말 할아버지 방에서 나던 그 지독한 냄새가 덜한 것 같았다. 그러고 보니 할아버지가 바지를 똑바로 입고 허리띠까지 하고 있었다. 할아버지는 허리띠를 풀려고 연신 손을 꼼지락거렸다.

"요즘 대현이 아빠가 아침저녁으로 방 청소한대. 고추 못 만지게 기저귀도 채우고 허리띠도 묶어 놓고…… 변했어."

"변했어?"

"응, 저 할아버지 때문에 대현이네가 동네에서 쫓겨날 뻔했거든. 그래서 대현이 아빠가 변했대. 할아버지를 아침저녁 씻기고……. 이제는 술주정도 안 하던데."

그러고 보니 윤제도 요즘 대현이 아버지가 대현이 엄마를 달구치는 모습을 못 본 것 같았다.

'대현이 아빠가 어떻게 할아버지를 용서했지?'

윤제는 궁금했다. 심리 결정을 받고 집으로 돌아오던 날, 앞서 가며 주먹으로 눈가를 닦던 아버지가 문득 생각났다.

'나도 아빠를 용서할 수 있을까? 아니, 아빠가 나를 용서할까?'

아버지는 요즘 집에 있을 때도 일상적인 말만 할 뿐 윤제에게 별말이 없었다. 차라리 아버지 성질대로 두들겨 패며 야단을 치든지, 아니면 속 시원하게 용서한다고 하든지 뭐라고 말을 했으면 싶었다. 윤제는 사실 아버지에게 하고 싶은 말이 많았다. 그러나 아버지하고 마주치면 머릿속이 텅 비면서 속에서 뭔가 불뚝 치밀기만 했다. 대현이 할아버지를 보면서 아버지를 생각하니 가시에 할퀸 것처럼 속이 쓰라렸다.

마침내 올 것이 오고 말았다.

저녁 해거름에 철거반이 벼락같이 들이닥친 것이다. 어른들은 태반이 일을 나갔다 아직 돌아오지 않았고, 공터에는 아이들 노는 소리가 왁자지껄했다. 윤제와 태욱이는 문방구에 갔다가 돌아오던 길이었다.

"야, 여기 있던 포클레인 어디 갔냐?"

태욱이가 흙덩이를 뚝뚝 떼어 놓고 지나간 포클레인 바퀴 자국을 손가락으로 가리키며 물었다.

"어!"

윤제는 태욱이가 가리킨 바퀴 자국을 보고 깜짝 놀라서 소리쳤다.

"야, 빨리 뛰어!"

바퀴 자국은 거침없이 윤제네 집 쪽으로 나 있었다.

'통장!'

윤제는 뛰어가면서도 우선 통장부터 들고 나와야 한다고 생각했다. 정신없이 뛰다가 뒤를 돌아보니 태욱이는 이미 자기 집 쪽으로 갔는지 보이지 않았다.

"윤제야, 큰일 났어. 철거반이 왔어."

기철이가 가쁜 숨을 몰아쉬며 뛰어와 소리쳤다.

"알고 있어. 꺼져, 인마."

윤제는 기철이를 보자 괘씸한 생각이 들어서 눈을 부라렸다. 기철이는 잔뜩 겁에 질린 얼굴로 윤제를 쳐다보다가 다시 뛰어갔다.

다행히 윤제네 집 쪽은 무사했다. 윤제는 얼른 방으로 들어가 장판 밑에 있는 통장을 주머니에 넣었다. 제순이를 안고 나오려고 하다가 일단은 나가서 상황을 봐야겠다는 생각에 그냥 두고 나왔다.

포클레인 바퀴 자국은 공터 쪽으로 이어져 있었다. 공터에 이르니 철거반이 남의 집에 들어가 살림살이를 들어내고 있었다. 철거반이 물건을 들어내면 포클레인이 다가가 갈퀴를 높이 쳐들고 집을 찍어 내렸다. 포클레인 갈퀴가 올라갈 때마다 방금 전까지 사람이 살았던 방이, 사람의 온기가 채 가시지 않은 집이 처참하게 무너졌다. 삽시간에 집을 잃은 사람들이 발을 동동 구르며 악을 쓰기도 하고, 물건을 끌어내는 철거반에게 달려들기도 했다. 비록 비닐하우스지만 새 둥지처럼 오순도순 모여 살던 보금자리가 어이없이 포클레인 바퀴에 깔리는 것을 보면서 윤제는 온몸을 떨었다.

"이놈아, 이 나쁜 놈아!"

인섭이 엄마가 포클레인 운전석에 매달리며 악을 썼다. 그러자 철거반 서너 명이 달려들어 인섭이 엄마를 덜렁 들어다 땅바닥에 내동댕이쳤다. 인섭이 엄마가 분에 못 이겨 버둥대며 다시 포클레인 쪽으로 달려가자, 철거반은 아예 양쪽에서 인섭이 엄마의 팔을 잡았다. 인섭이 엄마가 욕을 퍼부어도 철거반은 이런 일에 이골이 난 듯 눈도 깜짝하지 않았다. 이렇게 빠른 속도로 부수어 나간다면 윤제네 집도 시간 문제였다. 윤제는 얼른 엄마한테 알려야겠다고 생각했다.

집을 향해 막 돌아서려는데 철거반이 대현이 할아버지가 있는 방 앞으로 다가가고 있었다. 윤제는 다시 몸을 돌려 뛰어가며 소리쳤다.

"앗, 안 돼요!"

"비켜, 이놈아!"

철거반이 거칠게 윤제를 밀었다. 윤제가 나동그라져서 미처 일어나기도 전에 다른 철거반이 대현이 할아버지를 이불째 들어다 땅바닥에 내려놓았다. 맨땅에 덩그러니 누운 대현이 할아버지는 뭐가 좋은지 손을 연신 조몰락거리며 히죽히죽 웃었다.

"엄마!"

"윤제야, 니 저금통장 못 봤나?"

방문을 열자 어떻게 소식을 듣고 왔는지 엄마가 당황한 눈빛으로 장판을 들춰 보고 있었다.

"내가 치웠는데요."

"아이구, 이놈아야. 치우면 치웠다고 말을 해야지. 통장 없어진 줄 알고 식겁했잖나!"

엄마가 안도의 한숨을 내쉬었다.

244

"우리도 짐 싸야 되잖아요?"

"짐 쌀 게 뭐 있나. 엄마가 너들 책은 보이는 대로 다 싸 놨으니까 니는 제순이 데리고 엄마가 일하는 식당에 가 있거라. 내가 식당 주인한테 얘기해 놓고 왔다. 윤제야, 이럴 때 나다니다가 다치면 큰일 난다, 알았나? 아이고, 너 아버지는 왜 안즉 안 오나."

엄마의 얼굴이 까맣게 잦아들며 입술이 파르르 떨렸다.

"난 엄마 옆에 있을래요."

식구들도 없는데 엄마 혼자 두고 갈 수는 없었다.

"혁제 엄마요, 혁제 아빠가……."

바깥에서 대현이 엄마의 다급한 목소리가 들렸다. 엄마와 윤제가 급히 뛰어나갔다. 공터까지 가는 길은 벌집을 쑤셔 놓은 듯 아수라장이 되어서 발 디딜 곳이 없었다.

"이놈들아, 오늘 다 죽여 삘 기다."

아버지와 기철이 아버지가 각목을 마구 휘두르며 철거반과 싸우고 있었다. 어디에서 찍혔는지 아버지의 귓등에 피가 흐르고 있었고, 기철이 아버지는 웃옷을 벗어 던진 채였다. 아버지와 기철이 아버지가 앞뒤 보지 않고 어찌나 거칠게 각목을 휘두르는지 철거반이 슬슬 뒷걸음질을 쳤다.

'씨, 빙신 같은 게…….'

윤제는 아버지가 무섭기도 했지만 화도 났다. 동네 사람들이 죽느니 사느니 하는 이 와중에도 술이나 먹고 와서 주정을 하다니…….

"이놈들아, 이 개돼지만도 못한 놈들아. 너들은 부모도 없나? 어떻게 병든 노인을 맨땅바닥에 내동댕이칠 수가 있냔 말이여!"

윤제는 깜짝 놀랐다. 아버지의 목소리는 결코 취한 목소리가 아니었다. 윤제는 아버지한테로 후닥닥 달려갔다.

"아버지!"

"혁제 아버지요!"

엄마와 윤제가 한꺼번에 큰 소리로 부르며 달려가자 아버지가 멈칫했다. 그때 뒷걸음질을 치던 철거반이 한꺼번에 아버지한테 달려들어 마구 짓밟았다. 윤제는 아버지를 구하려고 안간힘을 썼지만 억센 손아귀에 목덜미를 잡혀 맥없이 동댕이쳐졌다. 동네 사람들이 "와!" 하고 소리를 지르며 한꺼번에 철거반에게 달려들었다.

"죽여라!"

사람들이 한 덩어리로 뒤엉켜 있어서 누가 누군지 분간할수가 없었다. 사람들의 발길이 윤제의 등을 밟고 지나갔다. 윤제는 숨이 막혀서 몸을 빼내고 싶었지만 옴짝달싹할 수가 없었다.

"윤제야! 윤제야!"

기철이가 달려들어서 윤제의 다리를 잡아끌었다. 윤제가
사람들과 엉켜서 빠져나오지 못하자 기철이가 사람들의 등
을 주먹으로 마구 내리치며 윤제를 끌어내리려고 안간힘을 썼
다. 덕분에 윤제는 기철이 손에 이끌려 간신히 빠져나올 수
있었다.

"윤제야, 괜찮아?"

기철이가 팔뚝으로 눈물을 훔치며 물었다.

"괜찮아."

윤제가 기철이 손을 잡고 일어나자 기철이가 입을 헤벌리
고 웃었다.

사람들이 서로 치고받고 피를 흘리며 싸우는 와중에도 포
클레인은 멈추지 않고 마치 사냥감을 먹어 치우는 맹수처럼
하우스를 집어삼키고 있었다.

"포클레인을 엎어 버리자!"

기철이 아버지가 크게 외치자 사람들이 모두 포클레인으
로 달려갔다. 사람들은 순식간에 개미 떼처럼 달라붙었다.

"아버지!"

"혁제 아버지요!"

윤제와 엄마가 동시에 아버지에게 달려갔다. 아버지의 얼굴은 흙과 먼지를 뒤집어쓴 채 일그러져 있었다. 윤제와 엄마가 아버지를 일으켜 세웠다. 그러나 아버지는 왼쪽 다리를 딛지 못하고 그 자리에 주저앉았다.

"아이고, 어쩔거나. 아무래도 다리가 부러졌나 보네. 여봐요 사람들요, 우리 혁제 아버지 다리가 부러졌소. 좀 살려 주소."

엄마가 울음 섞인 소리로 외쳤다. 그러나 사람들은 이미 포클레인에 달라붙어 있었고, 들려 올라간 포클레인 갈퀴는 위태위태하게 아래로 내려오고 있었다. 어디서 왔는지 더 많은 철거반이 한꺼번에 뛰어오더니 포클레인에 달라붙어 있는 사람들에게 달려들었다. 철거반 수가 워낙 많아 동네 사람들은 맥없이 철거반의 손에 끌려서 패대기쳐졌다. 그런 난리 통에도 포클레인은 천천히 움직이며 다시 하우스 한 채를 찍어 내렸다.

"저런, 저 죽일 놈들이⋯⋯."

아버지가 몸을 부르르 떨며 일어섰지만 몇 걸음 못 가서 그 자리에 다시 주저앉고 말았다.

동네 사람들은 철거반을 결코 당해 낼 수 없었다. 윤제가 고개를 들어 주위를 둘러보니 태욱이네 집은 이미 간데없고,

다른 한 대의 포클레인이 윤제네 집 쪽으로 향하고 있었다.

"안 돼! 제순아!"

윤제가 급히 집 쪽으로 뛰어갔지만 철거반이 집을 에워싸고 있어서 뚫고 들어갈 수가 없었다.

"비켜요. 우리 제순이가 안에 있단 말예요. 아저씨, 제발 우리 집 뜯지 마요!"

윤제는 철거반을 밀어내며 울부짖었다.

그러나 괴물 같은 포클레인의 아가리가 지희네 집을 뭉텅 잘라 내더니 이어서 윤제네 집도 한 입에 삼켜 버렸다.

"우리 집이야, 우리 집이란 말야! 제순아, 제순아!"

윤제는 목이 터져라 제순이를 불렀다. 윤제의 소리를 들은 제순이가 사람들 틈에서 깨깽대며 폴짝 뛰어나왔다.

"제순아!"

제순이를 가슴에 안은 윤제의 두 눈에서 뜨거운 눈물이 흘러내렸다.

"제순아, 이제 다 끝났다!"

대현이네 집을 끝으로 하우스는 한 채도 남김없이 다 무너졌고, 철거반은 소리도 없이 밀물처럼 빠져나갔다.

여기저기에서 통곡 소리가 들려왔다. 아주머니 몇 명은 바닥을 뒹굴며 몸부림을 쳤다.

"이러고 있을 때가 아입니더. 우선은 살고 봐야 합니데이. 얼른 다친 사람부터 병원으로 옮깁시더."

털보 아저씨가 사람들에게 외쳤다. 아버지를 포함해서 부상을 당한 사람은 대여섯 명이나 되었다. 넋을 놓고 앉아 있던 사람들이 털보 아저씨의 외침에 정신을 차리고 일어섰다. 사람들이 힘을 합해서 부상자들을 병원으로 옮겼다.

무너진 집더미 위로 바람이 몰아쳤지만 당장 갈 곳이 없었다. 윤제는 하늘을 올려다보며 허공에 주먹질을 해 댔다. 솥뚜껑처럼 시꺼먼 하늘이 금방이라도 폭삭 내려앉았으면 싶었다.

"우선은 살아야 합니데이."

털보 아저씨가 또 한 번 외쳤다.

'우선은 살아야 한다!'

윤제는 털보 아저씨의 말을 속으로 따라 했다. 털보 아저씨의 말은 주문처럼 사람들을 움직이게 했다. 사람들은 전깃줄을 끌어다 여기저기 불을 밝히고, 흩어진 살림살이를 한곳에 모아 보온 덮개로 대충 덮었다. 서로 위로의 말을 건넬 틈도 없었다. 아니, 슬퍼할 겨를도 없었다. 윤제는 언젠가 우면산에서 밟아 뭉개 버린 개미집이 생각나서 마음이 짠했다. 발끝에 밟히면서도 바둥거리며 일어나던 개미들!

날은 어둡고 밤바람은 쌀쌀한데 당장 잠자리가 문제였다. 짐을 대충 챙긴 사람들은 무너진 하우스를 헤집고 다니며 쓸 만한 자재들을 모았다. 그리고 한쪽에다 뚝딱거리며 천막을 치기 시작했다.

윤제는 비척거리며 곧 학원에서 돌아올 형을 기다렸다.

"형, 놀라지 마. 집이 철거됐다."

"뭐? 아버지는? 엄마는?"

혁제는 숨 돌릴 새도 없이 연거푸 묻더니 집을 향해 부리나케 뛰었다.

윤제는 천막 한구석에 웅크리고 누웠다. 천막을 세울 동안 밖에서 얼마나 떨었던지 앞이 온통 하얗게 보였다. 차라리 이 세상이 하얀 도화지라면 다시 그릴 수도 있을 텐데.

아침에 천막 안에서 본 혜미는 두 눈이 퉁퉁 부어 있었다. 윤제는 지난해 철거를 당하고 쪼그리고 앉아서 울던 혜미의 모습이 생각났다. 혜미에게 다가가 뭐라고 위로해 주고 싶었지만 지금처럼 절박한 상황에서 누가 누구를 위로한다는 것이 오히려 사치일 것 같아서 입술을 꾹 깨물며 돌아섰다.

다음 날, 한국전력공사에서 나왔다는 사람이 말했다.

"이거, 철거가 되고 전깃줄이 바닥에 널려 있어서 아주 위험해요. 일단은 전기를 차단하겠습니다."

곧이어 구청장이 와서 개인 소유의 땅에 사는 사람은 임대 아파트를 받을 수 없으니 더 이상 사람들이 다치지 않게 떠나 달라고 했다.

"흥, 그런다고 누가 나갈 줄 알고. 쌍놈의 새끼들, 나갈 구멍을 보고 쫓아야지."

사람들은 콧방귀를 뀌며 욕을 해 댔다.

길 입구 말뚝에 경고문이 세워졌다. 경고문에는 이곳에서 곧 건물 신축 공사가 시작되니 무단으로 점거하면 고발 조치 하겠다는 내용이 적혀 있었다.

"아니여, 협박이 아니라 참말일 수도 있어. 우리 같은 무지렁이들이 법을 어길 재간이 있간? 무작정 생떼를 쓰다가 일 낼 수도 있는 겨."

"뭐여? 돈푼깨나 쥐고 있다고 시방 남 기죽이는 거여!"

"이놈의 자식이 지금 뭔 소리를 한디야?"

"이놈의 자식? 어라, 내가 니 아들이가!"

사람들은 신경이 극도로 날카로워져서 대수롭지 않은 말에도 서로 멱살잡이를 했다.

"아이고, 너 아버지가 와야 우리도 어떻게 옮겨 볼 엄두를 낼 텐데……."

엄마는 애가 타서 마른침만 삼켰다.

천막에 사는 사람들은 잠도 같이 자고, 바깥에 솥을 걸어
놓고 밥도 같이 해 먹었다. 아침에는 학교에 가야 할 아이들
이 먼저 줄을 서서 밥을 타 먹었다. 윤제는 그때마다 눈이 퉁
퉁 부은 채 고개를 푹 숙이고 밥을 먹는 혜미의 얼굴을 보는
게 몹시 괴로웠다.

"에고, 오늘 우리 혜미 미역국도 못…….."

"큰엄마!"

태욱이 엄마가 안쓰러운 눈빛으로 혜미에게 말하자, 혜미
가 입술을 비틀며 톡 쏘아붙였다.

'미역국? 그럼 오늘이 혜미의 생일?'

윤제는 짐 보따리를 헤치고 꼬깃꼬깃 모아 둔 용돈을 꺼
냈다. 태욱이와 함께 떡볶이라도 먹으면서 혜미의 생일을
축하해 주고 싶었다.

그런데 아무리 기다려도 혜미는 학교에서 돌아오지 않았
다. 태욱이 엄마가 학교에 전화를 해 봤지만 벌써 집에 갔다
고 했다. 윤제와 태욱이는 학교에 가 봤다. 그러나 혜미는 없
었다. 해가 저물도록 혜미를 찾아다녔지만 허탕이었다.

윤제와 태욱이는 컴컴한 검찰청 담장 아래서 한없이 혜미
를 기다렸다. 먼발치에서 혜미와 닮은 그림자가 보일 때마
다 뛰어갔지만 번번이 다른 사람이었다.

"나쁜 계집애! 지 혼자 어딜 돌아다니는 거야."

태욱이는 화가 나서 애꿎은 돌멩이만 걸어찼다. 윤제는 태욱이 엄마가 걱정이었다.

"태욱아, 니네 엄마한테 가 봐. 니네 엄마 쓰러지겠더라."

"그 계집애 어디 가서 죽어 버리게 놔 둬. 윤제야, 너도 그만 들어가."

태욱이가 휙 돌아서서 걸어갔다. 그래도 윤제는 꼼짝하지 않았다. 꼭 혜미가 저만치에서 걸어올 것 같았기 때문이다.

'나쁜 놈의 지지바. 어데 가서 안 들어오는 거야! 정혜미, 제발 좀 빨리 와라, 응?'

퉁퉁 부어오른 혜미 얼굴을 떠올리자 윤제는 가슴이 미어지는 것 같았다. 기다리다가 지친 윤제는 끊임없이 이어지는 자동차의 불빛을 멍하니 바라보았다.

'저 많은 사람들은 다 집이 있을까?'

명치끝으로 사르르 아픔이 밀려오면서 눈물이 핑 돌았다.

윤제는 시간이라도 알아보려고 서초 지하철역으로 터벅터벅 걸어갔다. 계단을 내려가려고 막 발을 떼려는데 이상한 느낌이 들어서 고개를 돌렸다. 지하철역 옆 도로 가에 누군가 앉아 있었다. 윤제는 돌아서서 고개를 빼고 살펴봤다. 두 발을 도로에 가지런히 내려놓고 달리는 차들의 불빛을 하염없이 바라보고 있는 것은 분명 혜미였다.

"혜미야!"

윤제는 애써 복받치는 감정을 억누르고 혜미 옆에 가만히 앉았다.

"나, 김포 공항에 갔었다. 공항에 가면 일본에 갈 방법이 있을 것 같아서. 우리 엄마가 일본에 있거든. 빨리 돈 벌어서 나 데리러 온다고 했는데…… 흐흑."

불빛에 비친 혜미의 얼굴은 온통 눈물로 얼룩져 있었다.

"윤제야, 우린 왜 이렇게 살아야 하는 거니? 난 이렇게 살고 싶지 않아. 정말…… 정말 싫다."

'혜미야, 그래도 우린 살아야 해. 그래야 좋은 꿈도 꿀 수 있잖아.'

윤제는 목까지 차오르는 울음을 삼키며 혜미의 어깨를 가만히 토닥였다.

'혜미야, 생일 축하해. 진심이야!'

빠르게 달리는 자동차의 불빛이 눈물에 어려 출렁거렸다.

푸른 사다리

태욱이네가 제일 먼저 이사를 했다. 혜미가 영 힘들어하는 탓에 더 이상 버틸 수가 없는 모양이었다. 태욱이네를 뒤따라 인섭이네와 기철이네가 이사를 간다고 했다.

"윤제야, 편지해. 나도 편지할게."

기철이가 이삿짐을 실은 차에 오르며 큰 소리로 말했다. 윤제도 기철이의 손을 꽉 잡고 말했다.

"알았어."

"꼭!"

기철이의 단춧구멍 눈에 이슬 같은 물방울이 반짝였다. 기철이를 실은 차가 멀어져 가자 윤제는 아차 싶었지만 이

내 픽 웃음이 나왔다.

'자식, 주소를 알아야 편지를 하지!'

윤제의 두 눈도 축축이 젖어 왔다.

밤이면 찬 바람이 천막 안까지 들어와 웅크린 가슴에 스며들었다. 전기마저 끊겨 촛불을 켜 놓은 천막 안에서 사람들은 어두운 표정으로 두런거렸지만 아무런 대책이 없었다. 문제는 돈인데 돈을 좀 쥐고 있는 사람들은 한 집 두 집 이사를 가기 시작했고, 방 한 칸 얻을 돈조차 없는 사람들은 굳은 얼굴로 한숨만 푹푹 내쉬고 있었다. 이사를 가는 사람도, 남아 있는 사람도 맥이 빠져서 무표정한 얼굴로 멀뚱히 서로 쳐다만 볼 뿐 살가운 인사도 제대로 건네지 못했다. 이렇게 한 집 두 집 이사를 가기 시작하더니 결국에는 윤제네와 대현이네 그리고 털보 아저씨네만 남았다.

윤제는 사람들이 줄어들자 곧 철거반이 들이닥쳐서 마지막 남은 사람들까지 싹 쓸어 버릴 것 같은 두려움이 들었다.

"형은 무섭지 않아요?"

윤제는 해쓱해진 얼굴 때문에 눈썹이 더욱 짙게 보이는 영진이가 안쓰러워서 물었다.

"안 무섭긴……. 나도 무서워. 하지만 윤제야, 우리 끝까지 용기 잃지 말자."

영진이가 짐짓 힘찬 목소리로 말했다.

아버지가 다리에 깁스를 하고 목발을 짚고 돌아왔다. 아버지의 얼굴이 무척 수척해 보였다.

"죽어도 이대로는 나갈 수 없다."

아버지가 강경하게 말하자 털보 아저씨와 대현이 아버지도 고개를 끄덕였다.

"지도 이대로는 못 나갑니더. 아버지를 모시려면 아무리 지하방이라도 두 칸은 얻어야 되는데……."

대현이 아버지는 며칠을 세수도 안 했는지 땟국물이 줄줄 흐르는 꺼칠한 얼굴로 입술을 꽉 깨물었다.

"나도 마찬가지라네. 나가서 죽으나 여기서 죽으나 죽는 건 마찬가지 아이가."

털보 아저씨가 침울한 목소리로 말했다.

윤제는 이사 가는 아이들이 부럽기는 했지만 아버지 말이 맞다고 생각했다. 집을 나갔던 엄마가 악착같이 벌어서 마련한 집을 보상 한 푼 못 받고 맨주먹으로 쫓겨난다는 건 너무 억울했다.

다음 날, 윤제가 학교에서 돌아와 보니 천막 옆에 또 포클레인 한 대가 서 있고, 철근과 나무판, 시멘트 따위가 쌓여 있었다. 곧 공사를 시작할 모양이었다. 이제 더 이상 물러날 수 없는 벼랑 끝에 섰다는 절망감이 온몸을 엄습했다.

"너들은 봉천동 태욱이네 가게에 가 있거라. 태욱이 엄마한테 내가 연락해 놨다. 여 있으면 다친다."

엄마가 근심스러운 눈빛으로 말했다.

"아버지는 어떡하고요?"

혁제가 볼멘소리를 했다.

"설마 목발 짚은 사람을 어쩌겠나. 어쨌든 너들은 가거라."

윤제와 혁제는 동시에 고개를 저었다. 엄마 아버지를 두고 둘이서만 피할 수는 없었다.

그다음 날, 천막 주위에서 인부 서너 명이 자재를 쌓으며 얼쩡거렸다. 포클레인이 위협하듯 천막 주위를 돌았다.

"빨리 나가시오. 이제 땅을 파고 공사 시작할 겁니다."

어깨가 떡 벌어진 남자가 천막 문을 열고 소리쳤다. 그러나 천막 안에 있는 세 집 식구들은 털보 아저씨가 시키는 대로 대꾸도 하지 않고 죽은 듯이 앉아 있었다. 마치 결전을 앞둔 군인들처럼 대현이 아버지는 다리 사이에 가스통을 세워 놓고 바깥을 노려보고 있었고, 털보 아저씨는 신발을 신은 채 바닥에 앉아서 담배를 뻐끔거렸다. 그동안 전혀 다듬지 못한 털보 아저씨의 턱수염이 삐쭈룩이 내려와 갈기처럼 목을 내리덮고 있었다. 털보 아저씨 뒤쪽에는 아주머니가 아픈 다리를 펴고 누워서 오만상을 찌푸리고 있었고, 대현이 엄마는 대현이와 수현이를 양팔로 끌어안고 오들오들 떨고 있었다. 아버지는 한 손에 목발을 쥐고 여차하면 일어설 자세로 앉아 있었고, 윤제는 엄마 옆에 바짝 붙어 있었지만 두려움에 숨이 턱턱 막혔다.

포클레인이 천막을 건드려 보는지 이따금 천막이 한쪽으로 쿨렁거렸다. 그럴 때마다 사람들의 긴장된 눈빛에 불이 일었다.

"잠깐 얘기 좀 합시다. 나는 여기 현장 소장이오."

바깥에서 묵직한 말소리가 들렸다. 사람들은 재빨리 눈빛으로 생각을 나눴다. 털보 아저씨가 눈짓을 하자 대현이 아버지가 험악한 목소리로 대꾸를 했다.

"당신들 맘대로 해 보소. 가스통 열고 불붙이면 다 죽을 테니까."

대현이 아버지 말이 떨어지자마자 가소롭다는 듯이 포클레인이 천막 한쪽을 들어올렸다. 바깥에서 키들키들 웃음소리가 들려왔다.

"이런 죽일 놈들이……."

아버지가 목발을 짚고 벌떡 일어났다.

"혁제 아버지요, 나가지 마소, 예?"

엄마가 아버지의 허리춤을 잡았다.

"놔! 죽든 살든 나가 봐야지. 이놈들이 지금 장난하는 줄 아나!"

아버지의 눈이 벌겋게 타올랐다. 아버지는 사람들의 만류를 뿌리치고 기어코 문을 열어젖혔다. 그러자 대현이 아버지와 털보 아저씨도 따라 나갔다. 윤제도 벌떡거리는 가슴을 억누르며 운동화 끈을 졸라매고 밖으로 나왔다.

"윤제야 이놈아, 니 어디 가나."

뒤에서 엄마가 다급하게 부르는 소리가 들렸다.

사람들이 포클레인 앞쪽에 모여 있었다.

"아버지!"

아버지가 목발과 함께 포클레인 앞에 벌렁 누워 있었다.

'아버지가 포클레인 앞에 누웠다!'

윤제는 부들부들 떨면서 아버지 옆으로 다가갔다.

"아저씨, 이런다고 해결되는 게 아닙니다. 일어나서 내 말을 들어 보세요."

작달막한 키에 턱에 검은 점이 있는 아저씨가 성난 목소리로 아버지를 내려다보며 소리쳤다.

"듣기 싫어. 이왕 죽을 거면 여게서 죽을 테니까 어디 맘대로 해 보소."

아버지가 눈을 꽉 감으며 목발을 움켜쥐었다. 옆에 있던 인부들이 히죽거리며 아버지를 끌어내리려고 했다. 아버지는 끌려나오지 않으려고 버둥댔고, 인부들은 아버지를 마구 잡아끌었다.

"씨, 우리 아버지 건드리지 마!"

윤제가 인부들에게 와락 달려들었다.

"윤제야 이놈아, 얼른 못 놓나!"

엄마가 쏜살같이 달려나와 윤제를 떼 내려 했지만, 윤제는 막무가내로 인부들에게 발길질을 하면서 달려들었다.

"이놈의 자식이!"

처음에 천막 문을 열고 소리치던 남자가 눈을 딱 부라리며 윤제의 먹살을 잡고 연거푸 머리를 손바닥으로 내리쳤다.

"이 아저씨가 왜 남의 아를 때리나."

다급해진 엄마가 그 남자의 옷을 잡고 늘어졌다. 옷이 투둑 뜯어졌다.

"이년이 왜 이래, 쌍!"

남자가 엄마를 보고 욕을 하며 눈을 치떴다.

"아저씨 뭐예요!"

언제 나왔는지 영진이가 그 남자의 팔을 낚아채며 소리를 빽 질렀다. 윤제는 영진이의 목둘레가 부풀어 올라 불뚝거리는 것을 보았다.

"넌 뭐야, 이 새끼야!"

남자가 영진이에게 주먹을 날렸다. 영진이는 남자의 주먹을 피하며 재빨리 옆에 있던 각목을 들어 남자를 내리쳤다.

"아악!"

남자가 비명을 질렀다.

"덤벼, 다 덤비란 말이야!"

영진이가 소리를 지르며 각목을 휘둘렀다.

"형, 안 돼! 하지 마!"

윤제가 영진이의 허리를 끌어안고 소리쳤다.

"이놈아야, 퍼뜩 놓고 못 들어가나!"

털보 아저씨가 영진이의 어깨를 후려치며 소리를 쳤다.

"아버지!"

영진이가 들고 있던 각목을 내던지며 부르짖었다.

"형!"

윤제는 더욱 힘껏 영진이의 허리를 끌어안았다.

잠시 뒤 감정을 좀 가라앉힌 사람들이 서로 협상을 하자며 아버지와 털보 아저씨, 대현이 아버지를 데려갔다.

포클레인 소리가 멈췄다. 천막 안에 있는 식구들은 시계만 들여다보며 마음을 졸였다.

두어 시간이 지나서야 아버지와 아저씨들이 돌아왔다.

"가자. 세상에 죽으란 법은 없다. 살 목숨이면 어데 가서도 살 테니까."

아버지가 손에 든 봉투를 엄마 앞으로 휙 던지며 말했다.

"제기럴, 이걸 갖고 어데 가서 방을 얻노!"

대현이 아버지가 허탈한 모습으로 털썩 주저앉으며 말했다. 그러자 털보 아저씨가 허공을 쳐다보며 혼잣말로 중얼거렸다.

"오백이면 궁둥이 들이밀 방 한 칸은 얻겠지만……."

윤제는 아버지와 아저씨들의 말소리에 눈이 번쩍 뜨였다.

'보상을 받았다!'

윤제는 엄마 손에 들린 봉투를 바라보며 어떤 승리감에 가슴이 두근거렸다.

날은 어둑해지는데 방을 구하러 간 엄마와 아버지는 돌아오지 않았다.

윤제는 제순이를 안고 밖으로 나와서 발길이 가는 대로 걸었다. 마을 곳곳은 빌딩을 짓느라 온통 공사판이었다. 윤제는 법원 앞에 이르자, 지난해에 혜미네 하우스가 맨 먼저 철거를 당한 뒤 혜미가 쪼그리고 앉아서 울던 자리를 눈짐작으로 찾아보았다. 그러나 이미 빌딩이 들어서 있어서 찾을 수 없었다. 윤제는 화원이 듬성듬성 늘어서 있는 도로 가를 따라 천천히 발걸음을 옮겼다. 불을 환히 밝힌 화원 안팎에는 온갖 나무와 꽃들이 아름답게 피어 있었다.

"제순아, 아직도 여기는 꽃이 피는데 우리는 어디로 가나?"

윤제는 울먹거리며 제순이를 꽉 끌어안았다.

돌아오는 길에 천막 옆에 있는 대현이 할아버지 방 앞에서 멈춰 섰다. 철거되던 날 밤에 천막을 지으며 서둘러 대충 지은 것이라 문도 못 내고 보온 덮개를 씌운 다음 한쪽 귀퉁이를 말아 올려서 드나들 수 있게 틔워 두었다. 안에서 중얼거리는 말소리가 들렸다. 가까이 다가가 안을 들여다보니 대현이 아버지가 대현이 할아버지 얼굴을 수건으로 닦아 주고 있었다.

"아버지요…… 아버지가요, 젊었을 때 누나하고 나한테 어떻게 한 줄 아요? ……아버지, 아버지도 이 아들이 싫지요? 이제 어쩝니껴, 암만 그래도 아버지는 내 아버지고, 나는 아버지 아들인데……. 아버지…… 용서해야 돼……."

대현이 아버지의 말소리가 끊어졌다 이어지며 가느다랗

게 흘러나왔다. 윤제는 갑자기 가슴에 말뚝이 박힌 듯 속이 뻣뻣해 왔다. 대현이 아버지의 말을 가만가만 되새겨 보자니, 힘겹게 목발을 짚고 방을 구하러 나가던 아버지의 뒷모습이 떠올랐다.

'아버지는 내 아버지고, 나는 아버지 아들인데…….'

윤제는 대현이 아버지의 말을 오랫동안 되뇌며 자분자분 그 자리를 맴돌았다.

엄마 아버지가 용케 방을 구한 모양이었다.

"야들아, 여게가 우리가 살 집이다. 어떠냐? 좋지, 좋잖나?"

아버지가 얼굴을 일그러뜨린 채 억지웃음을 지어 보이며 물었다.

"씨, 좋긴……."

혁제가 입을 쑥 빼물며 투덜거렸다.

"야 이놈아, 그래도 어쩌겠나. 이만하면 됐다."

윤제네가 살 집은 바깥으로 나 있는 좁은 철 계단을 오르내려야 하는 4층짜리 허름한 상가 건물의 옥탑방이었다. 방은 두 칸인데 그동안 사람이 살지 않았는지 도배지가 뜯겨 나가 너덜거리고 곳곳에 쥐똥이 흩어져 있었다.

"이 큰방은 너들이 써라. 작은방은 우리가 쓸 테니까."

아버지가 인심을 쓰듯 말했지만 윤제와 혁제의 찌푸린 얼굴은 좀처럼 펴지지 않았다.

"혁제 아버지요, 이렇게 번듯한 건물로 이사를 오는데 그래도 싼 장롱 하나는 사야 안 되겠소?"

엄마가 식구들의 우울함을 덜어 보려는 듯 빙긋이 웃으며 말했다.

"조옿지! 우리 혁제, 윤제 책상도 사고. 허허허."

아버지가 실없이 너털웃음을 터뜨리자 엄마와 형이 아버지를 바라보며 웃었다. 윤제도 따라 웃고 싶었지만 웃음이 나오지 않아서 슬그머니 고개를 돌렸다.

"가자. 가서 짐 보따리 싸서 짐 옮기자, 흐흐흐."

아버지의 목소리가 웃는 듯 우는 듯 흘러나왔다.

윤제는 좁은 계단을 절뚝거리며 내려가는 아버지가 위태로워 보여서 다급하게 소리쳤다.

"아버지, 꽉 잡아요! 조심해요!"

아버지가 고개를 들어 윤제를 올려다보았다. 윤제와 아버지의 눈빛이 마주쳤다. 윤제는 얼른 눈길을 돌렸다.

이튿날, 윤제네가 이사한다는 소식을 듣고 태욱이와 혜미가 찾아왔다. 살림살이가 많지 않아 작은 용달차에도 짐이

거뜬히 실렸다.

짐 싣는 것을 도와주던 영진이가 말했다.

"윤제 너, 한번 스승은 영원한 스승이라는 것 잊지 마. 그리고 명심해. 공부가 인생의 전부는 아니지만······."

"학생의 전부다."

"좋았어."

"형도 이사 잘해요. 형, 찾아갈게요."

'용기 잃지 말고요······.'

윤제는 인부들과 싸우며 불뚝거리던 영진이의 목울대가 생각나서 콧등이 시큰했다.

이삿짐을 싣고 도착하니 마침 가구점에서 나온 사람들이 긴 사다리를 옥상에 걸쳐 놓고 장롱을 올리고 있었다.

윤제와 태욱이가 멀찍이 서서 짐이 올라가는 것을 구경하고 있는데 옆에서 혜미가 쿡쿡 웃었다.

"태욱아!"

"야 정혜미, 오빠라고 불러. 이게, 여섯 달씩이나 차이가 나는데······."

태욱이가 기분 나쁜 표정을 지으며 말했지만 혜미는 더 깔깔거리며 웃었다.

"야, 새대가리파! 새, 대, 가, 리······ 사, 다, 리. 어째 좀 닮은 것 같지 않니? 새대가리파, 사다리파."

"너!"

태욱이가 얼굴을 찡그리며 혜미의 머리를 쥐어박았다.

"왜, 너희들 그런 파 좋아하잖아? 맞다! 이제부터 너네 둘이서 사다리파 하면 되겠다."

"이게?"

태욱이가 주먹을 쥐자 혜미가 뒷걸음을 치며 말했다.

"둘이서 사다리파가 되어 꼭 붙어서 올라가란 말이야. 봐, 한쪽만 있으면 사다리가 안 되잖아. 태욱이 넌 이쪽 다리, 윤제는 저쪽 다리. 그래, 좋았어. 푸른 나무처럼 쑥쑥 자라는 사다리……. 맞다, 푸른 사다리파! 어때?"

"정혜미, 아예 시를 써라, 시를 써."

태욱이가 같잖다는 투로 턱을 치켜들며 말했다.

"그런데 그 사다리를 누가 타냐?"

윤제도 뿌루퉁한 얼굴로 혜미에게 말했다.

"그야 물론 정, 혜, 미지이."

"웩~!"

태욱이가 깔깔대며 달아나는 혜미를 잡으려고 쫓아갔다.

"푸른 사다리? 그래, 난 저 높은 곳으로 올라갈 튼튼한 사다리가 될 거야!"

윤제는 두 눈을 크게 뜨고 하늘을 올려다보았다. 사다리 위로 펼쳐진 하늘이 푸르게 빛났다.

시대와 시대를 잇는 푸른 사다리

강수환(어린이청소년문학 평론가)

1

모든 소설은 한 시대를 담는다. 그러나 시대상을 비추는 것을 넘어, 지금의 독자를 그 시대 속으로 끌어당기는 소설은 귀하다. 특정한 시공간에 놓인 주인공의 삶을 따라 읽다가 문득 어느샌가 이 인물의 눈으로 세계를 바라보는 독자 자신을 발견할 때가 종종 있다. 살아 본 적도 겪어 본 적도 없는 시공간적 배경과 사건 앞에 선 인물의 시선에 이입하는 놀라운 경험. 훌륭한 소설은 슬그머니 우리를 인물의 시대 위로 올려 세우고는, 능청스러운 태도로 다음 이야기를 건넨다. 이해하거나 공감하기 어려울 만큼 나와는 다른 성

271

격을 지닌 인물에게도 종종 동일시가 이루어지는 것은 그 때문이리라. 알지 못한 사이에 우리는, 시대라는 한배를 탄 것이다.

아니, 한 사다리에 올랐다고 하는 편이 더 어울릴까. 정확히 이러한 의미에서 이옥수의 『푸른 사다리』는 우리에게 소중한 청소년소설이다. 소설은 단순히 1980~90년대 서울 어딘가를 비추는 데서 그치지 않고 우리를 그 자리로 데려간다. 제2회 사계절문학상 대상 수상작으로 2004년에 출간된 『푸른 사다리』가 20년 만에 개정판으로 우리 곁으로 다시 돌아왔다. 20년이 지난 지금, 우리에게는 왜 여전히 이 소설이 필요한가.

2

『푸른 사다리』는 강원도 광산촌에서 서초동 꽃마을 비닐하우스촌으로 이주한 윤제의 성장기(成長記)를 다룬다. 법원과 검찰청사가 들어선 자리 바로 맞은편에 커다란 빈민촌이 가로놓여 있는 풍경을, 지금의 청소년들은 상상하기 어려울지도 모르겠다. 실제로 현재 서초는 법원이 즐비한 데다 이른바 '강남'을 대표하는 행정 구역 가운데 하나라는 점에서 부와 권력을 상징하는 장소이기도 하다. 하지만 소설은 우뚝 솟은 고층 건물들로 가득한 이 지역 아래에 어떤 시대와 삶의 지층들이 켜켜이 쌓여 있는지를 선명한 목소리로 전한다.

꽃마을에 관해 조금 더 이야기해 보자. 오늘날 서초역에서 예술의전당 방향의 반포대로변에 해당하는 꽃마을은 한때 "거리의 식물원"으로 불릴 만큼 큰 규모를 자랑하는 화훼 단지였다.[1] 1980년대 중반까지 이곳은 가히 서울의 관광 명소이기도 했다. 꽃집만 무려 1,500여 곳에 이르고 봄철에는 하루 3천여 명이 넘는 관광객들이 찾을 정도였으니 말이다. 약간의 임대료로 비닐하우스 점포를 낼 수 있었다는 점에서, 꽃마을은 형성 초기부터 "일부 빈민들에게 '삶의 보금자리'이자 '인생의 재도약 터'로 인식"되었다고 한다.[2] 이곳에 본격적으로 가난한 사람들이 모여들어 하나의 마을을 이루게 된 계기는, 바로 대대적인 개발 바람 때문이었다.

1983년 이래 사당동, 상계동, 목동 등등 서울 인근에서 일어난 재개발로 쫓겨난 사람들은 꽃마을로 찾아와 천막촌을 세웠다. 개발이 확대될수록 철거민의 수는 늘었고, 1980년

1   이한기, 「서초동 꽃마을 '점령'한 고관들」, 『말』, 1992년 5월호, 163쪽.
2   같은 곳.

대 후반 법원 단지가 들어서며 땅값이 폭등하자 꽃 가게는 점차 문을 닫기 시작한 반면 그 빈 자리에는 더는 갈 곳 없는 철거민들과 빈민들이 모여든 것이다. 그렇게 꽃마을은 여전히 "삶의 보금자리"이자 "인생의 재도약 터"를 찾아 헤매던 빈민들의 거점이 되었다. 멀리 강원도에서 서울로 이주한 윤제네가 하필 꽃마을에 자리를 잡은 이유 역시 이러한 시대적 맥락에서 기인한 것이겠다.

한 가지 흥미로운 점은, 이곳 서초 일대가 바로 "강남 개발의 신호탄 역할을 했던 지역"이라는 사실이다.[3] 개발의 논리로 빈민들의 터를 지우던 출발점으로 다시금 빈민들이 모여 마을을 이루는 아이러니한 상황. 윤제의 이야기는 바로 이 지점에서 시작된다.

---

[3] "1974년 완공된 서초구 반포본동 지역은 강남 개발의 신호탄 역할을 했던 지역"으로, 설문 조사 결과 "이곳 주민들은 강남의 역사는 반포본동 아파트에서 시작되었다는 자부심을 갖고" 있다는 점이 특징적으로 나타난다고 한다. 이향아·이동헌, 「'강남'이라는 상상의 공동체」, 박배균·황진태 엮음, 『강남 만들기, 강남 따라 하기』, 동녘, 2017, 130쪽.

3

시대의 흐름으로 꽃마을로 떠밀려 왔다지만, 윤제에게는 그저 어른들의 사정에 불과한 듯하다. 꽃마을을 "삶의 보금 자리"나 "인생의 재도약 터"로 여기는 것은 부모 세대의 희 망일 뿐, 윤제의 마음과는 거리가 멀기 때문이다.

살고 있는 집에 자가, 전세, 월세 중에서 한 군데에 표시를 해야 하는데, 이게 무척 아리송했다.

"자가에다 동그라미 쳐. 하우스는 우리 거니까."

"하우스가 뭔 집이냐?"

"사람이 살고 있으면 집이지. 아니면 옆에다가 꽃마을 하우 스라고 써넣든가."

"아니야, 형 말이 맞다. 하우스도 뭐 집은 집이니까."

윤제는 '자가'에다 동그라미를 쳐 놓고 누워서 천장을 올려 다보았다. 쥐 오줌에 절어서 얼룩덜룩한 천장과 깨금발로 뛰어도 열 발짝도 안 될 좁은 방구석이 한심해 보였다.

"집이라고, 개뿔!"

윤제는 엎드려서 동그라미 쳤던 곳에 가새표를 했다. (121쪽)

머리로는 형인 혁제의 말이 맞다고 생각하면서도 윤제의 마음은 차마 이곳을 '집'이라고 받아들이기 어렵다. 이렇듯 소설은 윤제의 꽃마을 정착기를 다루기보다는, 끊임없이 어긋나고 불화하는 한 시절의 과정을 집중적으로 조명한다.

윤제는 어떻게 어긋났던가. 표면적으로만 요약하자면 이렇다. 친구를 때리고, 학교를 나가지 않았다가, 가출하여 불량배와 어울리더니, 급기야는 절도 사건과 연루되어 법정에 섰다. 문제아의 전형적인 행로를 밟는 것처럼 보이기도 하나, 그 안을 들여다보면 모두 사정이 있다. 첫 싸움부터 그렇다. 막 이사하여 아무도 알지 못하는 상황이지만, 윤제는 태욱이 무리에게 괴롭힘당하는 기철이를 못 본 체 지나칠 수 없어 이를 제지하던 것이 싸움으로 번진다. 학교에 나가지 않은 것도 그저 반항심 때문이 아닌, 비닐하우스에 산다는 사실이 알려질까 두려운 마음에 저지른 실수였다.[4] 끝내 법

---

4   당시 꽃마을에 살았던 주민은 이렇게 회고한다. "이곳을 주소로 한 주민 등록이 인정되지 않는다는 게 가장 불편하지요. 그 때문에 87년 대통령 선거 이전까지는 전기, 전화, 상·하수도 등 생활 기본권조차 누리지 못했고, 아직까지도 행정상의 모든 혜택으로부터 차단된 채 지냅니다. 우리들은 법적으로 대한민국 국민의 대접을 받지 못하고 있어요." 당대 사회는 이들을 마치 기본권을 박탈당해도 할 말이 없는 사람들, 즉 부당한 존재로 여기게끔 만들고 있었다. 윤제가 부끄러움을 느낀 이유도 여기에 있다. 그렇다면 이것을 어찌 윤제만의 잘못이라 말할 수 있을까. 이한기, 앞의 글 참조.

정에 선 것도 친구로서 태욱이를 지키고자 내린 선택 때문이지 않았나. 어떤 의미에서 윤제는 단 한 번도 어긋나고 싶어 하지 않았다.

더군다나 우리는 그 사이사이 윤제가 여러 차례 마음을 다잡고 바르게 살아 보려 애썼던 것을 잘 알고 있다. 그런데 이게 어떻게 된 일일까. 시간이 흐르고 문득 정신을 차리고 보니 어느덧 윤제는 소년원 송치 처분을 앞둔 상황이다. 마치 어딘가로 떠밀리듯 말이다.

4

이전까지는 시대의 흐름에 힘없이 떠밀리는, 번듯한 집을 마련하기는커녕 바람직하지 못한 모습만 보이는 어른들이 윤제는 한심스러웠다. 윤제는 이 모든 문제가 돈 때문이라 생각한다.

"착한 건 돈 많은 거야. 봐, 돈이 있으면 좋은 집에 살면서 사람들을 폼 나게 도와줄 수도 있잖아. (…) 난 어른이 되면 돈 많이 벌 거야. 돈 많이 벌어서 착하게 살 거야." (36쪽)

그러나 착하게 살 거라던 윤제는 거듭 비행에 휘말려야 했다. 몇몇 사건은 앞서 살폈다시피 오히려 착한 마음에서 비롯된 일이기도 하다. 윤제의 말처럼 이 모든 원인은 결국 돈이었던 걸까.

한데 아이러니한 일이 벌어진다. 원래라면 6개월 소년원 송치 선고를 받아야 했던 윤제는, 어머니의 헌신을 참작한 판사의 임의 판결로 무사히 집으로 되돌아온다. 의미심장한 장면이다. 땅값을 올리고 꽃마을 사람들을 향해 나가라고 통보했던 법원은 부조리한 시대적 흐름을 부추긴 거대한 상징처럼 보였다. 그런 법원에서 윤제는 희망의 씨앗을 발견하게 된 것이다. 가장 먼 곳까지 떠밀려 본 이후에야 윤제는 깨닫는다. 혼자의 힘만으로는 쉽게 거스르기 힘든 흐름이 우리의 삶에 있다는 것을. 그럼에도 너무 멀리 흘러가 버리지 않게끔 그가 버틸 수 있었던 이유는, 서로의 단단한 매듭이자 뿌리가 되어 준 가족과 친구들의 사랑 덕분이었다는 것을. "돈보다 중요한 게 세상에는 쌨다."(209쪽)라던 어머니의 말이 어떤 의미였는지, 이제 윤제는 안다.

소설의 끝에서 혜미는 환히 웃으며 윤제와 태욱이에게 '푸른 사다리'가 되어 달라 말한다. 서로의 다리가 되어, 자신뿐만 아니라 뒤따를 누군가도 높이 오를 수 있는 튼튼한 사다리가 되기를 주문한 것이다. 세 사람은 모두 한때는 꽃마을에 살아야 했던 자신의 상황을 감추기에 급급했다. 하나 지금은 다르다. 처지가 나아져서? 약간의 보상금을 얻고 비로소 꽃마을을 떠나 보금자리를 얻었기 때문에? 물론 아니다. 곤궁한 상황은 여전하고 "도배지가 뜯겨 나가 너덜거리고 곳곳에 쥐똥이 흩어져 있"(266쪽)는 새집도 예전보다 크게 나을 것은 없다. 그러나 이들에게는 이웃으로서 함께 삶의 터전을 지키기 위해 목숨을 건 경험이 있다. 돈으로 표상되는 시대의 거센 흐름은 윤제네를 비롯한 꽃동네 사람들을 이곳으로 떠밀었지만, 오히려 이들은 그 물결의 한가운데서 싸우며 작게나마 "어떤 승리감"(264쪽)을 얻었다. 아이러니하게도 말이다.

세 친구가 웃을 수 있던 것은 바로 그 때문이다. 그때의 기억을 간직하는 이상 꽃동네를 떠나 흩어졌다 한들, 이들은 더는 쉽게 휩쓸리지도 떠밀리지도 않을 것이다.

5

나는 앞서 『푸른 사다리』가 우리를 시대 속으로 끌어당기

279

는, 그렇게 인물과 한배 위에 태우는 소설이라 말했다. 문득 이런 물음이 떠오른다. 만약 지금의 청소년들이 윤제의 상황을 뉴스나 소셜미디어를 통해 접한다면 과연 얼마만큼 공감할 수 있을까. 윤제는 이른바 '보통'의 청소년과 다른 삶을 살았다. 가끔은 욱하는 성격 때문에 지금의 관점으로서는 뜨악할 만한 일을 벌일 때도 있었다. 윤제의 사정이나 시대적 맥락을 상세히 기술하더라도, 주어진 정보를 통해 윤제를 '판단'하는 입장에서는 충분한 공감이 일어나기 어려우리라. 하지만 소설은 우리가 윤제의 시점으로 세계를 바라보고 느낄 수 있도록 이끈다. 한 시대에 놓인 청소년의 내면을 진솔하고 깊이 있게 그림으로써 말이다. 각자가 서 있는 자리만 다를 뿐, 우리는 윤제의 모습에서 우리 자신의 모습을 마주한다.

훌륭한 소설은 두 번 시작된다. 한 번은 책장을 펼쳤을 때, 다른 한 번은 책장을 덮었을 때부터다. 소설이 전하는 감동은 책 안에서 종결되는 것이 아니라 우리의 삶으로 이어진다. 이때 소설에 담긴 한 시대는 지나간 한때가 아닌 현재를 이루는 토대로서 재발견되고, 이는 우리가 어디로 향할 것인지 또는 어디로 향해야 하는지를 비추는 하나의 별자리가 되기도 한다.

'그래도 우린 살아야 해. 그래야 좋은 꿈도 꿀 수 있잖아.'

(255쪽)

　윤제의 시대를 거쳐 지금 우리가 다다른 곳의 풍경은 어떠한가. 오늘날 청소년들은 서로의 '푸른 사다리'가 되어 저마다의 꿈을 지지하고 응원하는 버팀목으로 자라고 있는가. 우리는 어디로 나아가야 하는가. 여전히 『푸른 사다리』가 중요한 이유이다.

갑자기 해가 지기 전에 서초동 꽃마을에 가고 싶어졌다. 혹 공터에서 뛰어노는 왁자지껄한 아이들의 소리를 들을 수 있을지도 모른다는 생각이 불현듯 들었기 때문이다.

서둘러 찾아간 꽃마을은 낯설기만 했다. 서울 법원과 검찰청에 이어 대법원과 대검찰청까지 더 들어서서 그 위엄을 드러내고 있었고, 꽃마을 비닐하우스촌이 있던 곳에는 고만고만한 빌딩들이 들어서 있었다.

누가 저 거대한 건물 담 밑에 게딱지처럼 오종종 붙어 있던 꽃마을 비닐하우스촌을 기억하고 있을까? 88 올림픽 때 세계 여러 나라에서 오는 손님들에게 창피당하지 않으려고 골이 진 함석판으로 숨구멍을 둘러막았던 이곳을 알고 있을까? 이곳도 따뜻한 피가 흐르던 사람들이 시집 가고 장가 가고 아이를 낳아 키우던 곳이었다는 것을…….

어떻게 보면 세월이 요술을 부린 것 같다. 궁색하고 너저분한 동네를 반듯한 새 동네로 바꿔 놓고, 진흙탕길에 아스팔트를 깔고 반짝거리는 구두를 신은 사람들을 숱하다 놓았으니.

검찰청을 돌아 잘 가꿔진 법원 앞마당을 지나면서 나는 꽃을 사야겠다는 생각이 들었다. 주위를 둘러봤지만 예전에 그 많던 꽃집은 보이지 않았다. 다시 지하철역으로 내려가 각기 다른 색깔의 꽃을 한 아름 사서 안고 왔다.

왜일까? 글 속에 있는 아이들이 마치 살아 있는 듯 그들의 호흡이 느껴지는 것은. 글을 쓰는 내내 그들의 고뇌와 방황, 외로움을 함께 나누며 전율했기 때문일까?

초라했던 꽃마을의 축제와 이별을 위하여!

불퉁한 아이 윤제, 메뚜기 기철이, 카리스마 태욱이, 예쁜 혜미를 생각하며 나는 꽃다발을 풀어 검찰청 담 밑에 꽃가지를 꽂았다. 금방이라도 아이들이 저 골목을 돌아 깔깔거리며 달려올 것만 같아서 가슴이 뛰었다.

나는 오랫동안 담에 기대어 서서, 스며드는 어둠을 헤치

고 불빛을 따라 제 빛깔을 지키기 위해 애쓰는 꽃잎을 바라
보았다. 그리고 지금도 가난을 앓고 있을 십대들을 위해서
간절히 기도의 표적을 남기고 돌아섰다.

2004년 초여름, 이옥수

새로 쓴 작가의 말

이 책으로 수많은 독자를 만났다.

완도 고금고에 갔을 때였다.

"작가님, 우리 반 어떤 학생이 내 책상에 『푸른 사다리』를 툭 던지며 '샘, 날 그렇게 이해 못 하요? 이 책 읽어 보면 날 이해하게 될 거요.' 하더라고요. 그래서 읽어 봤더니 아하, 녀석이 왜 학교에 와서 엎드려 자는지, 왜 그렇게 삐딱하게 반항하는지 좀 이해가 되더라고요."

선생님의 말씀을 들으며 이 책이 그 친구에게 작은 위로가 되었구나, 마음이 뿌듯했다.

영월 마차중에서 만난 중3 남학생. 슬며시 다가와 내 귓가
에 속삭였다.

"작가님, 저, 『푸른 사다리』 읽었어요. 이제부터 저도 좀
제대로 살아 보려고요."

수줍게 씨익~ 웃어 주던 그 맑은 눈망울이 어찌나 선하고
아름답던지!

이렇게 쌓아 온 사랑과 응원이 20년이다. 요즘은 중고등
학교 다닐 때, 이 책을 읽었다는 선생님들을 만나서 그때를
이야기하며 기쁨을 나누기도 한다. 그동안 꾸준히 사랑해
주시고 응원해 주신 독자들께 진심으로 머리 숙여 감사를
드린다. 이제 새롭게 태어났으니 다시, 힘차게 독자들 곁으
로 날아가 더 많은 사랑을 받기를 소망한다.

개정판을 만들어 주신 사계절출판사 강맑실 대표님과 김
태희 이사님, 편집부 식구들, 이여름 편집자님께 진심으로
감사를 드린다.

끝으로 살짝 고백하자면, 이 책의 배경인 꽃마을은 풋사
과 같은 남자를 만나서 오랜 연애 끝에 결혼하고 신혼 시절

을 보낸 곳이다. 꽃마을이 없어지기 전에 글을 써서 남겨 보라는 남편의 말에서 이 책은 시작되었다. 그 말 한마디로 나를 작가로 살게 한 남편에게 이제야 고마움을 전한다. 그리고 꽃마을에서부터 열두 번 이사한 끝에 지금 이 자리에 들어다 놓으신 하나님께는 영광을 올려 드린다.

2024년 푸른 하늘빛이 순한 날, 이옥수

푸른 사다리

2004년 7월 5일 1판 1쇄
2020년 4월 3일 1판 17쇄
2024년 12월 5일 2판 1쇄

지은이	이옥수
편집	장슬기 윤설희 최경후 이여름
디자인	박다애
제작	박흥기
마케팅	김수진 강효원 백다희
홍보	조민희
인쇄	천일문화사
제책	J&D바인텍

펴낸이	강맑실
펴낸곳	(주)사계절출판사
등록	제406-2003-034호
주소	(우)10881 경기도 파주시 회동길 252
전화	031)955-8588, 8558
전송	마케팅부 031)955-8595 편집부 031)955-8596
홈페이지	www.sakyejul.net
전자우편	literature@sakyejul.com
트위터	twitter.com/sakyejul
인스타그램	instagram.com/sakyejul_teen

© 이옥수

ISBN 979-11-6981-345-7 44810
ISBN 978-89-5828-473-4 (세트)